COLLECTION POÉSIE

JEAN-PAUL DE DADELSEN

Jonas

présenté par Henri Thomas
et Denis de Rougemont

suivi de

Les Ponts de Budapest

et autres poèmes

ÉDITÉS PAR BAPTISTE-MARREY

nrf

GALLIMARD

Jean-Paul de Dadelsen, qui lisait tout et entrait partout, n'est peut-être pas entré trois fois dans le bureau d'une revue littéraire. Ce n'était pas manque de curiosité de sa part, ni même d'intérêt, mais il est impossible d'être à deux endroits à la fois, et lui n'était même pas souvent en France. D'autres retraceront cette vie à la fois excentrique et si profondément axée, cette vie qui ne l'a jamais pris au piège du sérieux, comme professeur, soldat, journaliste, fonctionnaire même, et l'a laissé étrangement libre devant la mort. Le voici seulement tel que je l'ai vu, à partir de 1948, à Londres où nous étions en quelque sorte collègues dans les services français de la British Broadcasting Corporation.

Il y avait là un certain nombre de figures intéressantes, venues d'horizons très divers. On se retrouvait dans la pénombre des antiques pubs *du Strand ou de Holborn. Tout cela, et même les bureaux, les studios d'enregistrement, était bien amusant et un peu fou. Le hasard veut que ce soit là surtout que je revoie Jean-Paul de Dadelsen. On dira, et c'est très vrai, qu'il débordait de vie, de drôlerie, d'une sorte d'inventivité à même le quotidien dont celui-ci ne laissait pas d'être secoué. Mais il n'était pas seulement plus bouffon, plus irrespectueux que d'autres, ou plutôt il n'était pas seulement cela… J'ai bien souvent senti plus d'inquiétude et de mécontentement que de gaieté derrière cette liberté.*

Des bruits fantastiques couraient sur sa vie présente et passée ; il les compliquait volontiers par des propos fabuleux. Dieu sait que plusieurs parmi nous étaient plus ou moins réchappés de quelque malencontre personnelle, mais dans cette façon qu'il avait de les dépasser tous aisément, n'entrait aucune émulation, aucun goût particulier pour la singularité. J'ai parlé de mécontentement, je devrais dire lassitude, peut-être dégoût, — en tout cas une profonde impatience. Ces « causeries » qu'il préparait si soigneusement pour le micro n'étaient jamais assez vite prononcées ni oubliées à son gré. Il semblait parfois en avoir assez même de sa propre intolérance envers la sottise et la suffisance. Alors il s'absentait dans des silences en plein remue-ménage, des rêveries à la Socrate, qui devaient quelquefois coïncider avec ses absences réelles ; il voyageait beaucoup hors d'Angleterre.

Ce qu'on appelle une conversation grave, je ne l'ai jamais vu en avoir, durant toutes ces années où je le rencontrais presque chaque semaine. En somme, quelqu'un de peu sérieux, d'insaisissable, quelqu'un d'intelligent et d'impossible… De tous ceux qui furent ses camarades de travail à cette époque, je crois bien qu'aucun ne savait que ce journaliste *(on lui faisait compliment de ses reportages) écrivait des poèmes. À distance, je ne vois pourtant pas Dadelsen comme un être dissimulé. Ouvert, entièrement présent, mais comment dire ? La poésie (non plus que la musique) n'était du domaine de ces conversations ; il y aurait eu inconvenance à l'y mentionner ; ç'aurait été brouiller les règnes, et Dadelsen, de tout son être, participait à l'*ordre *profond, qui veut que la poésie soit non pas cachée, mais lointaine en tous, à chercher du côté du silence.*

Mais dirai-je que j'ai été surpris en lisant Bach en automne, *seul long poème qu'ait publié Dadelsen, en novembre 1955 ? Rien ne m'y préparait de ce que je connaissais de lui, et, en même temps, comme c'était lui, comme c'était sa voix ! Je ne l'avais jamais entendu lire de poème ; or ce grand poème, c'était lui, sa voix unique et véridique. On demande comment apparaît la poésie, quelle rupture la distingue du langage courant. Il m'a semblé le comprendre lorsque Dadelsen s'est décidé à livrer ses poèmes. Aucun art poétique ne précédait l'œuvre, clé en main, ni ne la soutenait en filigrane ; on n'y ressentait pas même à l'état de hantise éloignée cette révolte contre la condition du langage qui se fait vieille à présent dans la poésie et ne nous rajeunit pas non plus dans le roman. Cette révolte, et d'autres encore, qu'ont-elles à voir avec le dévoilement de l'être à soi-même dans un langage dont les rythmes nécessaires correspondent au souffle même, c'est-à-dire à la vie ?*

« Si tu sais ce que c'est que la poésie, *m'écrivait Dadelsen à l'époque de* Bach en automne, dépêche-toi de m'en informer. » *Sa lettre accompagnait le manuscrit d'un grand poème non moins neuf et surprenant que* Bach… *Il aurait pu, aussi bien et mieux qu'un autre, théoriser ; il eût rédigé d'étincelants manifestes en s'amusant, — mais non celui de sa poésie. Il ne doutait de rien, semble-t-il, excepté de cet accomplissement au plus secret de lui-même, où sans cesse il ramenait ses poèmes et les modifiait profondément (leurs diverses* versions *sont autant d'œuvres distinctes).*

*Lui si longtemps muet sur son travail, il avait hâte tout a coup, en cette fin de 1956, de savoir ses poèmes remis aux amis, à ceux qu'il aimait, aux inconnus également sur lesquels il comptait. Il avait hâte d'*être, *aux approches d'une mort dont il était averti. Rarement poésie s'est aussi totalement identifiée à l'invisible réalité, non pour la sauver (ce serait bien plutôt l'inverse), mais afin que le doute, le reproche, l'extrême faiblesse, et la ressource sans nom soient encore murmurés par un vivant.*

Ombre, qu'ai-je à t'offrir ?
Quel pain, sinon de ténèbre et de séparation ?

Je n'ai pas su répondre à l'ironique question de sa lettre, mais c'est à lui, et à un très petit nombre d'autres, que je dois de comprendre un peu ce qu'est la poésie. Je sais en tout cas qu'elle apparaît rarement, parce qu'il est rare que le destin d'un homme, ouvert et déchiré ou mystérieusement apaisé, ne fasse qu'un avec son langage, et cela sans que cet homme se prévale d'une supériorité quelconque *sur ceux que Dadelsen nomme en toute vérité ses frères. Il ne vient à la suite de personne ; il ne cadre avec rien dans nos Lettres ; ni terroristes, ni rhéteurs n'y trouveront leur compte. Nous risquons toujours d'oublier que le génie poétique se moque de nos conformistes errances. S'il nous frappe à l'improviste, ce n'est pas qu'il veuille nous surprendre ; à nous de comprendre qu'il* EST.

HENRI THOMAS

JONAS

Jean-Paul de Dadelsen était alsacien, né à Strasbourg, et son père descendait d'une famille de Hambourg, quelque peu mêlée de sang slave et possédant la bourgeoisie de Bâle. Il avait épousé une Anglaise. Il rêvait d'être un jour suisse ou chilien peut-être. Avant tout cela, Français de bon langage, d'impeccable ordonnance intellectuelle.

Il excellait en tout et passait au-delà, avec cette « brillante désinvolture » dont a parlé le *Times* au lendemain de sa mort. Reçu premier sur cent à l'agrégation d'allemand, traducteur incomparable de Keyserling et de Rudolf Kassner, professeur de lycée à Marseille et Oran, puis successivement officier de parachutistes dans les Forces Françaises Libres en Angleterre et à Berlin, mémorable correspondant étranger du *Combat* d'Albert Camus, titulaire d'une émission française de la B.B.C. qu'il rendit rapidement fameuse, finalement animateur et conseiller d'organisations européennes et internationales auxquelles il prêtait le rayonnement d'une culture exceptionnellement étendue, d'une sagesse indulgente mais incisive et d'un charme personnel infaillible, alliant le meilleur des qualités germaniques et françaises, il semblait toujours que tout cela devait le conduire ailleurs, le préparait seulement… Rejoignant enfin sa vraie vocation, peut-être, il venait de donner les témoignages d'une soudaine maîtrise poétique, d'un ton nouveau dans les lettres françaises, ample, émouvant et pacifiant, compréhensif de tout l'humain du haut en bas, foncièrement réaliste et religieux. Puis, une fois de plus, il est passé au-delà, emporté par un mal qu'il avait su décrire dans un bref poème prophétique, quelques semaines avant d'en subir la première attaque, suivie d'une opération au cerveau. Fallait-il vraiment, écrivait-il alors, être « nettoyé » par cette maladie mortelle, en vue d'un « nouveau travail » ?

DENIS DE ROUGEMONT
1962

NOTE CONCERNANT L'ÉTABLISSEMENT DE LA PRÉSENTE ÉDITION

Jean-Paul de Dadelsen est mort d'un cancer au cerveau en juin 1957 sans avoir préparé l'édition de ses poèmes. En effet, ceux-ci étaient de date récente. *Bach en automne*, composé essentiellement en 1952 et 1953 à partir de sa trente-neuvième année, constitue son premier essai important. Il n'a commencé à publier que plus tard encore. Son ami, Albert Camus, avait le premier fait paraître un de ses poèmes, précisément *Bach en automne*, à la *N.R.F.* en 1955. En 1956, les *Cahiers des saisons* publiaient l'*Invocation liminaire de Jonas, La fin du jour, Peupliers et trembles* et, en 1957, *Preuves* publiait *Guitares*, la *Dernière nuit de la pharmacienne*, et, à titre posthume, *Dépassé. Provisoirement.* Ce sont les seuls poèmes que Dadelsen ait préparés pour l'édition. Il faut le souligner : Dadelsen ne cessait de reprendre ses poèmes, ainsi qu'en témoigne une lettre qu'il envoya à Jean Paulhan au sujet de la publication de *Bach en automne* :

*J'ignore lequel de nos amis communs... a pu vous communiquer ce poème qu'à force de retouches trimestrielles je m'étais habitué à considérer comme perpétuellement inachevé. Ce gracieux intercesseur m'aura valu, et le plaisir d'enfant que je prendrai à figurer à votre sommaire, et la salutaire obligation d'établir enfin le texte provisoirement définitif que je joins à cette lettre**.

Ainsi, la plupart des poèmes restaient inédits quand Mme Barbara de Dadelsen me demanda, en juillet 1957, de recenser l'œuvre de son

* Lettre citée in extenso, p. 194.

mari. Celle-ci présentait un certain désordre. Les manuscrits étaient répartis en de nombreux cahiers et feuilles détachées. Mais quant au fond, ils ne soulevaient pas, dans la majorité des cas, de difficultés d'interprétation véritables. Dadelsen tapait en général ses poèmes dans des versions dont seul le nombre constituait un embarras. Les problèmes les plus difficiles avaient été résolus par lui-même en publiant *Bach en automne* et l'*Invocation liminaire* de *Jonas* dont ses amis ont tous, tôt ou tard, eu l'occasion de commenter les étapes successives. Les seuls manuscrits qu'il fallut réellement déchiffrer furent ceux de la fin, notamment la suite de *Pâques 1957* rédigée d'une main fébrile qui avait perdu son habituelle calligraphie haute et cursive. Une fois seulement, j'ai l'impression de n'avoir pu lire un texte : il s'agit, dans la section de *Pâques 1957* qui commence *« Qui a besoin de toi ? personne »*, de deux vers près de la fin : *« Plus de force pour protéger... »*, etc. Pour le reste, ces manuscrits sont remarquables surtout par la spontanéité de l'inspiration qu'ils révèlent. Souvent des poèmes entiers, tels *Salomon sait la malice, la ruse,* sont écrits hâtivement, d'un trait, presque sans ratures ; ainsi encore la troisième version, la plus longue, de la *Dernière nuit de la pharmacienne* et *Pâques 1957* en entier.

Albert Camus s'est chargé de la publication de l'œuvre. Malheureusement, des difficultés mineures mais assez nombreuses ont ralenti la préparation des textes, de sorte qu'à la mort de Camus, la sélection n'était pas encore décidée. Par la suite, c'est grâce à la conviction et aux efforts de MM. Henri Thomas et Jacques Brenner que ce recueil a pu paraître. M. Brenner s'est très généreusement dessaisi lui-même de son option sur les poèmes, qui lui avaient été remis pour publication dans les *Cahiers des saisons* dont il était alors directeur.

L'édition actuelle réunit l'essentiel des vers de Dadelsen, mais nous avons exclu certaines versions premières. Ainsi, par exemple, la sestine de *La femme de Loth* est la dernière réduction de plusieurs essais, longs mais inachevés, d'un poème en prose, conçu à l'origine comme un volet d'un triptyque dont les deux autres auraient été *Jonas* et *Bach en automne.*

Nous nous sommes efforcés de présenter les poèmes dans l'ordre chronologique, bien que cette méthode ne puisse être rigoureusement appliquée. Il a paru raisonnable de débuter par *Bach en automne,* où Dadelsen se révéla à lui-même, et de terminer par la suite écrite au cours de sa maladie dernière. Les dates qui paraissent en bas de certains textes proviennent en général des manuscrits de l'auteur ; pour *Jonas*, je me suis fié à ma mémoire.

FRANÇOIS DUCHÊNE
1962

À l'occasion de la réédition de ce livre, dix-sept textes et poèmes, établis et annotés par Baptiste-Marrey, ont été ajoutés à l'ensemble du corpus. Ils proviennent du volume intitulé *Goethe en Alsace* édité par *Le temps qu'il fait* en 1995.

La volonté exprimée par l'auteur de voir sa prosodie scrupuleusement respectée, même dans le format particulier d'une collection de poche a entraîné la disposition inhabituelle de cette édition. Seuls les poèmes écrits en anglais, et qui viennent en fin de volume, retrouvent une mise en page courante, afin de faciliter le face-à-face avec la traduction.

2005

Jonas

Le difficile pour Jonas :
non de mourir,
mais de vivre et vouloir.
Et pourtant :

BACH EN AUTOMNE

I

Les Juifs ce soir, sous les tilleuls, près des remparts, en prenant soin
De ne pas dépasser la lieue sabbatique, promènent leurs chapeaux noirs.
Frères d'Élie et de Naboth, la paix soit avec vous !
Dernier des jours anciens, samedi s'étire au soleil qui s'éloigne.
C'est le jour où la terre, même sous la herse d'octobre, se souvient
D'avoir porté, dedans son ventre saturé de sucres funèbres,
Le Corps du Fils de l'Homme.

Dans l'église à grande eau les femmes frottent les dalles. Tout à l'heure
Elles rentreront balayer devant leur porte et rempliront d'huile
La lampe du septième jour.
Nous sommes nés pour porter le temps, non pour nous y soustraire,
Ainsi qu'un journalier qui ne quitte la vigne qu'à la tombée du soir.
Mais au seuil de la dernière nuit de notre semaine, il est doux d'écouter
Dimanche en marche sous l'horizon.

Seul le noyer mûrit encore ses fruits tardifs, pareils à nos cerveaux.
Le vent qui parmi l'herbe et sur les eaux sème son gain de feuilles
    Bientôt nous ouvrira l'espace encore voilé.
À la fenêtre de ses nids caducs, l'hirondelle en tumulte
    Crie vers son autre pays. Bienvenus,
Soir de notre journée, samedi de notre vie, saison aux mains ouvertes !
        Seigneur, je suis content.

II

J'ai connu jadis les jours de marche, les ormes vers le soir énumérés
    De borne à borne sous le soleil chromatique,
L'auberge à la nuit où fument quenelles de foie et cochon frais.
Jadis à libres journées j'ai marché jusqu'à Hambourg écouter le vieux maître.
    Haendel en chaise de poste s'en est allé
Distraire le roi de Hanovre ; Scarlatti vagabonde dans les fêtes d'Espagne.
        Ils sont heureux.

Mais à quoi serviraient les pédales des orgues, sinon
    À signifier la route indispensable ?
Sur ce chemin de bois, usé comme un escalier, chaque jour, que ce fût
Sous les trompettes de Pâques ou les hautbois jumeaux de Noël,
    Sous l'arc-en-ciel des voix d'anges et d'âmes,
De borne à borne répétant mon terrestre voyage, j'ai arpenté
    La progression fondamentale de la basse.

Au-dessus de la route horizontale par où les négociants partent non sans péril
    Marchander aux échoppes de Cracovie
Les perruques, les parfums, les peaux apportées des éventaires de Novgorod,
Seule l'alouette s'élance dans la verticale divine.
    Avant qu'à la suite de son Soleil
Hors de la tombe, de l'ordre, de la loi, l'âme éployée ne parvienne à jaillir.
    La terre apprise avec effort est nécessaire.

III

Lente, coupée de silences, progressant par frissons, la sarabande catalane
Se meut dans les espaces de la nuit. Selon qu'elle dresse ou
Creuse ses spirales, elle se hisse aux feux d'Aldébaran ou plonge au nadir

Dans le branchage haletant des artères traverser les amants réunis.
Les yeux clos sur le hennissement de leurs cœurs accordés, ils écoutent
Le sang obscur s'ébrouer vers leur mort en éclaboussures de vivaces étoiles.
        La chair est nécessaire.

Le rude Luther donna son avis sur ce point. Jacob désira Rachel
Deux fois sept années. L'homme, afin de perpétuer sa vigueur
Et la longue impatience de sa lignée, les confie à cette compagne, complice
De la terre, et comme elle savante, sournoise, habitée d'eaux infatigables,
Gorgée d'acides plus durables que nous. Rien ne survit seul. En des méandres
Incalculables le corps de Rachel prépare la Pâque de notre espèce.
        Tout n'est pas raisonnable.

Je connais l'attirance de la nuit. La gamme la plus tendue retrouve
Pour descendre à ces vibrations pourpres une pente irrésistible.
Peut-être le désir n'est-il que le déguisement d'une nostalgie de l'âme
Effrayée dans l'obscurité ? Au pied des échelles du songe,
Repoussant l'ange, fermant les yeux, Jacob de tous ses reins vautré
En gémissant étreint la vraie terre, la vraie mort. Bételgeuse au zénith
        Tremble aussi au fond des puits.

Comme, vers la maison de sa jeunesse, l'Enfant prodigue, le plus fidèle,
Ainsi, dans le monde en travail prenant sa part, l'âme voulut peut-être
Renaître les yeux bandés, loin du jour, et refaire à tâtons
Le chemin vers la lumière natale. L'heure viendra où le Père
Ouvrira les portes de la pesanteur. Passé le dernier combat, franchis
Les derniers feux, l'âme se dénouera dans les échos sans fin
D'un accord sans mémoire.

IV

Le ciel au soir est vert. À la lisière du bois les chevreuils
Viennent humer au loin les villages roux de feuilles et de fumées.
Bientôt, quand avec la nuit tombera le vent de Pologne,
La brume montera des prés.

Le regard du faon découvre trois lieues de plaine sans refuges.
Autour du sommeil des hameaux les barrières vermoulues n'arrêtent
Ni les reîtres ni la peste.

Le monde dans l'espace et la durée étale sa placidité.
J'ai lu longtemps dans ce livre perpétuel. Autrefois j'ai décrit
Les gambades au mois de mai du jeune agneau,
        Le vol instable des émouchets.

Je ne décrirai plus. Tout est nombre. L'arbre,
Rivière de feuilles ou noir de gel, entre la terre et le ciel instaure
        Une figure permanente.

Le monde est en repos, dit-on ; les princes sont en paix, peut-être.
Entre la nue basse et l'horizon convexe s'éloigne une gloire exténuée
De lumière inaccessible. Le monde à travers fastes et largesses demeure
        Établi dans l'exil.

Il faut rentrer. L'haleine de la nuit descend sur nos visages aveugles.
L'âme écoute approcher tes pas ; entre chez nous, Seigneur ;
        Il se fait tard.

V

À travers la futaie de l'orgue le souffle qui chantera la gloire du Seigneur
Est à larges semelles boueuses pompé par le fossoyeur sacristain.
Dans son effort boiteux sur le soufflet, le bonhomme, tête levée,
Bras à la barre, les jambes écartées, figure une difforme
Étoile pentagonale.

À mi-chemin entre l'origine et la perfection des temps,
Cinq est le chiffre de l'homme, irrésolu parmi les choses certaines,
Désordre essentiel dans la balance du monde. Arbre mobile,
Animal hésitant, ange aveuglé, Adam dresse dans la lumière
Le cri de son infirmité.

Le pâtre, le pêcheur, et l'arbre même sont minuscules sur la plaine.
Grand arbre horizontal, j'ai souvent regardé le fleuve. Ô platitude divine !
Tandis que sur un même obstacle l'eau successive répète une forme perpétuelle
L'Elbe depuis la mer jusqu'à ses mille sources demeure
Partout présente d'un seul tenant.

J'ai vu l'oiseau judicieux pêcher de son bec courbe et jaune,
Le soleil d'entre les nuages allumer les bulles de la carpe. Ce sont
Détails heureux. Mais gonflé de pluie ou rumeur dans la brume
La voix qu'impose le fleuve surgit de la constance
D'une eau sans visage et sans nom.

Maintenant que ma vie est étale dans la plaine assombrie
Et que la nuit avec indifférence vient lisser mes eaux taciturnes,
Accorde-moi, Seigneur, à l'heure où de tes profondeurs
Affleure l'ordre sonnant des astres, de refléter encore
Leurs intervalles immuables.

VI

SUR LE NOM DE BACH [1]

Dans la gamme couleur d'automne de si bémol mineur, descend
Cette première marche jusqu'à la note sensible ! Le nom alors se hisse

1. Dans la notation allemande, B = *si* bémol ; A = *la* ; C = *do* ; H = *si* naturel. Ainsi traduit, le nom de Bach constitue un thème en *si* bémol mineur, qu'il a utilisé comme troisième thème dans la grande fugue inachevée de l'*Art de la Fugue*.

Jusqu'à do, le niveau de la réalité. Et, de nouveau, du même demi-ton,
Retombe
Sur ce si dont la vibration suspendue appelle une nouvelle ascension.
Le clavier est l'image du monde. Comme l'échelle de Jacob
Il nous traverse de bout en bout.

Regarde la corde tendue sur son frêle berceau de bois : chaque montée,
Même d'un dièze, augmente son effort. Mais pour descendre, simplement
Relâche sa contrainte !
Gamme qui s'élève avec peine, telle la femme de Loth, regardant en arrière, et
Sitôt qu'elle cède à sa pente, devient plus lasse encore, plus tendre aussi, plus
Condamnée, plus entraînée vers les eaux de l'amertume et de la séparation.
Que suis-je, livré à moi-même ?

Le renard pris au piège à dents aiguës se coupe une patte pour retrouver
Sa libre faim parmi les arbres noirs. La chenille se hâte vers le soir
Où elle ira se brûler à la lampe. Le cerf brame après la fraîcheur des eaux.
Rien n'est tout à fait muet.
Même la pierre est active. Rien ne se refuse, sauf,
Quand elle se complaît à elle-même dans les ténèbres de sa captivité,
L'âme.

VII

SUR LE TRÈS SAINT NOM

Sève dans les orgues végétales,
Chaleur par tierces aveugles dans les grottes du sang,
Lumière par quintes majeures mesurant le monde visible,
Esprit par inaudibles octaves exhalant, expulsant
À perte de pensée les nébuleuses d'âmes et d'anges,
Extérieur à toute chose, étranger à tout être
Dieu est.
Dans tous les êtres planté plus profond que leur identité.
Une activité sans partage habite la création partielle :
Lumière dans les racines de l'arbre, intelligence
Dans la migration gluante du hareng,
Feu dans les rocs, sève de l'âme,
Dieu indéfiniment déploie le monde
Qu'Il nie.
Absent de tout lieu et d'une merveilleuse nullité de matière
Dieu n'est pas vie, vorace, vulnérable,
Volée à l'ordre minéral. Dieu n'est pas chaleur,
Vibration brève. Dieu n'est pas lumière, vaine

Semeuse de matière. Dieu n'est pas substance, fût-elle
Aussi vive, aussi volatile
Que l'esprit.
Le monde qu'Il expire en une buée d'atomes,
Immensément petit infiniment fini le monde que Son haleine
Souffle dans l'espace factice et le temps saugrenu.
Une de Ses respirations l'anime, sans fin raisonnable,
Sans forme pensable, bulle dont les parois
Vertigineusement nous fuient ; une de Ses respirations
L'annule.

*

Mais au-dessous
Des êtres de flamme qui tournoient comme des soleils stagnants
Autour de Son insituable incandescence, au-dessous
Des séraphins, des chérubins, des trônes, au-dessous
Des vertus, des archanges, les anges messagers
Dans l'ombre appellent, atteignent, assaillent
L'homme
Que leur regard traverse :
Au-dessous de notre amour de nous-même,
Au-dessous de nos idoles, nos vocables, nos pensées,

Au-dessous de notre peur et de notre demande, au-dessous
De la voix qui me dit que je pense, que je suis, que je crois,
Au-dessous des étendues immémoriales de la patrie spirituelle
Au cœur de notre captivité secrètement le Seigneur se repose en lui-même.

Du vide noir où perle une sueur d'hydrogène jusqu'aux semences
Cachées dans notre corps, des anges à l'amibe, l'énorme création
Est une seule chair sans partage, une tunique sans couture jetée
Sur quelle nudité, sur quel Corps effrayant de Dieu ?
Toute adoration charnelle est licite. Dieu dans les ténèbres de Noël
Nous demande, comme un enfant de notre fragilité,
De le bercer.
Les anges de leurs sandales de lune parcourent les pays nocturnes,
De leurs ailes de silence couvrent le fugitif et la bête farouche des bois
— Ou les débusquent, pour leur perte souhaitable. Âme, ne crains point !
Comme le grain de blé, l'Éternel te tient dans Sa paume.
Il te jette au hasard de l'an. Il t'oublie sous la neige.
Il te lance en pâture aux oiseaux monstrueux de l'espace spirituel.
Il te récolte.

*

Quelle âme ? Quel Éternel ?
Belle âme en vérité, faite de vent et d'ordure !
Ô Sulamite, toute béante vers un Dieu qui te remplisse,
Sultane affriolée d'un Dieu qui te choisisse,
Un Dieu tantôt satyre et tantôt pain d'épice ! On le connaît ton Dieu :
Il s'appelle Nombril.
Qui, sinon Moi, adore le vrai Dieu dans Sa perfection première
D'avant ce carnaval
De plan divin, de rédemption, d'amour offert ou refusé ?
Âme, sœur de Rigel, voici l'heure
De rejoindre Abraham aux sphincters fatigués dont sortirent tant de rois,
De prêtres, de Messies ; voici l'heure
Ô fourmi de laboratoire, ô souris blanche, de repartir
Vers la douteuse issue des dédales simplets de
Dieu sait quelle expérience que tout à l'heure Il efface et
Recommence. Moi, je ne subis pas.
Moi seul pour le repos de tous travaille vers le jour
Où Dieu renaît à la perfection du Non-Être.

Ange de la mélancolie, que puis-je contre toi ?
Tu me connais mieux que moi-même.

Dans cette heure, la plus obscure, d'avant l'aube,
Que puis-je, aveugle et séparé,
Sinon, par mon vide même, mesurer encore
L'absence du Seigneur
Et, loin de mon été perdu, comme le chien d'Ulysse,
Écouter la nuit,
Écouter le vent, afin d'y reconnaître
Les pas de Son retour.

Dieu nous traverse
Comme la mer une méduse, d'un même mouvement qui tour à tour se gonfle
Et se creuse. Le tourbillon des galaxies est la phosphorescence de Sa vague.
Les myriades d'âmes sont un plancton flottant à Sa surface.
Il est la pente de notre sang vers l'estuaire de la mort. Il est
La marée de notre esprit. Il est notre orbite et notre folie.
Plus vaste que notre infini, plus ténu que l'atome, ce Je universel
Nous est plus intérieur que nous.
Qu'importe quand, comment, pourquoi nous fûmes roche ou reptile,
Roi ou radis, Jacob ou Jonas ? Voici la rive du Jourdain !
Louons, au seuil du silence, ce corps qui nous fut prêté, ce temps, ce lieu,

Cette licence à nous donnée de proférer nos puériles louanges.
La chauve-souris aussi, et la taupe, et là-bas sur l'horizon épuisé
Cette maigre flamme de branches mortes honorent
Le Nom indéchiffrable.

Septembre 1952-Pâques 1955

ITINÉRAIRE DE LONDRES À VALPARAISO

(fragment)

Récitatif

L'an trente-septième de son âge
Un jeune homme et son cœur en vrac
Ô cœur perdu sous ses badigeonnages
S'embarquèrent sur un BOAC.
One hostess pour six hommes d'équipage
Vingt marins expédiés par air postage
Sur l'autre bord du Zodiac
En ramener un liberty hors d'âge
Et retournant vers leurs hamacs
De désœuvrés Abencérages

Vox humana

Un diplomate qui s'en va pourrir
Sous de boliviennes chandelles

Un Uruguayen qui rentre mourir
    Auprès d'une femme fidèle

Quasi tromboni

Parmi les unescus, les onuistes
    Seul dans son orbite sereine
Libre de tout zèle paysagiste
    Dort le messager de la reine

Récitatif

    Paillard autant que trois rois mages
    Vadrouilleur comme Télémac
Et quelque peu épris de son image
    Ce jeune homme comme un kodac
Portait son cœur aux rares tatouages
Entre les draps de quelque chaude Ithac
    Qui n'a laissé son âme en gage
Qui ne prétend camper un personnage
    Parlant à Dieu du tac au tac
Déjà voici khaki le Tage

Romanza

Combien j'ai douce souvenance
Du joli lieu de ma plaisance !
Comme je portais droit ma lance
Ô ma falaise d'Étretac !
Du fond de l'Océan les étoiles nouvelles
Ne me feront ni chaud ni froid
Sous tes courtines de dentelle
Je suis toute la nuit conquistador et roi

Basso profundo

Cœur obstiné, vieux taximètre
Compte les heurs de bon aloi
Je parcours en vain la planètre
Ô Dagobert sans saint Éloi
Je porte ma vie à l'envêtre
Ma tête dans mon pantaloi

Récitatif

Vers les antarctiques prestiges
Un magazine touristic
En quête des émois que la lectrice exige
Mandait ce jeune homme et ses tics
Il avait un carnet pour noter les prodiges
Que Marie-Claire attend de Rio et du Chilic
Rapide comme un prestidige
Il avait ce coup d'œil que le cliché corrige
Quand il est lardé de classics
Reportage vaut félibrige

(Mer, vue de 18 000 pieds)

Heure sans pente et plaine sans écume
Nul pur travail de fins éclairs n'allume
Une panthère en diamants tremblants
Le sol est bleu, le ciel tendu de cendre
Ah nul bonheur caché ne va se rendre
Au vol strident du cygne de fer-blanc

(Rio de Oro, Mauritanie)

42

Combien vacante la planète ! Le déluge
A cessé hier au soir. Pas un poil, pas un dard
Ne trouvera ici refuge
Les villes sont de rares moisissures
Dans un creux infréquent de vaste samovar
Tout à recommencer depuis l'âge silure
Londres ressemble à Zanzibar.

Vox humana

Déjà les deux stewards hennissent vers Janeire
La sage stewardess n'aspire qu'à Dakar
Dans un jardin secret sous les jasmins lunaires
Pour deux nuits chaque escale enlace à cette Agar
Un capitaine expertement quadragénaire
Comme on voit au musée s'unir Mars et Vénère
Déjà ce sédentaire et gallique houzard
À l'enfant d'Albion friande d'avatars

Inspire le désir de vertus culinaires
France, bénis tes lointains étendards !

(Atlantique Sud, nuit)

Le moteur tourne en idée fixe
En chemin vers le Pacifixe
L'invisible Équateur conspire
Quand donc sera le pays des phénix
Le soir ouvert aux douces oasix ?
La vibracion agace la matrix
D'une dormeuse qui transpire

Basso profundo

Cœur désuet, vieux codicile
Au testament de feu Adam
Nécessaire talon d'Achille
Âne éternel de Buridan
Qui me dira pourquoi j'ai dans
Mon phalzar élu domicile ?

Vox humana

Douairière Poésie affreusement laurée
Vous demandez de la rime, vous en aurée !

(Natal)

Douces palmes sur l'aube basse
Vomi par son poisson Jonas se
Sent délivré de son exil
Natal de la victoire ô trampolin
Dans ta moiteur mélancolim
Je redeviens argilophil

(Brésil du matin au soir)

Fleuves boueux, fleuves putrides
Vaste empire vert et velu,
Grouillement de guerres d'Atrides,
Gloire des couchants farfelus,
Ville qui fume au soir le long d'une lagune

Exhale un spectre chevelu
La silve érige au vent ses vergues et ses hunes
Vive l'humide et le poilu !

Violoncelle

Te souviens-tu des vols sur la banlieue Europe
Et son cadastre embuissonné
Quand la Swissair tâchant d'être interlope
Offre un sourire amidonné ?

Basso profundo

Cœur soustrait au soleil comme l'endive
Vieil opiomane invétéré
Resteras-tu incarcéré
Tout au fond de ton pantalive ?
Crèvent tes émois modérés
Dieu crachera sur toi un peu de sa salive...

Novembre 53

VILANELLE POUR BETTY

On demande une stewardesse ?
Mon linge est net, mon cœur marche au radar,
Je suis tendre par politesse

Ainsi raisonne mainte hôtesse.
Dodo Monsieur, lolo, caca moutard.
On demande une stewardesse.

Malgré ses yeux de druidesse,
Son pouls égal, ses règles sans retard,
Elle est tendre par politesse,

Mais triste avec délicatesse.
Voici Betty ! Ah, plus d'un hospodar
A demandé la stewardesse !

Calme Betty, fraîche déesse
Pour avoir pleuré à la Saint-Médard
Qu'elle est tendre, ta politesse !

LOGIQUE FORMELLE

Mais, dit un ange,
puisque, paraît-il, l'homme est
a) formé à l'image de Dieu
b) mortel, périssable, limité, et pour tout dire
Un peu stupide
Et qu'entre ces deux propositions il y a
incompatibilité
donc l'homme n'existe pas.

VARIATIONS

sur un thème de Baudelaire

« Mon enfant, ma sœur… »

1

Inconnue, comme si je t'avais faite d'une femme étrangère,
Je te devine pourtant comme si nous sortions du même ventre.
Contre mon cou ton cœur plus jeune
Mesure une heure plus neuve que la mienne, ô confiante
Ennemie et douce complice au même instant, écoute
Nos sangs alliés s'emplir d'une même rumeur qui monte
Du fond de la nuit natale.

2

Par-delà les années où tu ne m'avais pas rejoint, par-delà
Les défenses des totems futiles, bien plus nouveau que nous,
Je te retrouve.
Je devrais pouvoir te sourire enfin et par la main
Te mener vers l'époux d'une autre tribu. Ô dangereuse et secrète,
Je reconnais ton regard morose et patient qui me rappelle sans paroles
Que notre soif n'est pas étanchée.

3

Qui me prouve, silencieuse, que tu dis vrai ? Je ne
Vous connais pas, Madame, et n'aurai pas de quoi vous satisfaire.
Rentrez donc chez votre mari !
Je ne suis pas qui vous croyez. Nous nous montons le cou, belle dame !
Cette saison est traître, où tout travaille caché dans la terre.
Mais dis donc quelque chose ! parle ! pour démentir enfin cette implacable
Certitude de ton silence.

4

Les temples étaient neufs. On prenait garde à la peinture des colonnes.
Ce n'était pas notre première vie.
Quand je rentrai crotté du sang de nos frères, de nos ennemis,
Tu mis chauffer une bassine d'eau pure.
(Certains étaient nos frères et précisément nos ennemis, et certains,
Étrangers, cependant nos alliés.)
À la lueur du feu, je regardai tes mains étroites laver mes jambes écorchées.

Plus tard, tu allas seule,
Après ta dernière nuit de petite fille, jeter dans la flamme
Sur l'autel de la déesse impassible
Le lin naïf que tachait le premier sang qui nous séparait pour une vie.
Tu me suivis
Du regard déjà d'une femme quand je partis sous les oliviers,
Quand je repartis à la guerre.

5

Où en vérité, où donc partir ensemble ? Les poètes radotent.
Les poètes hâbleurs oublient toujours les bêtes bêlant à l'étable,
Le blé qui lève, les enfants affamés,
Les arbres à greffer, les tuiles à poser après la bourrasque.
Nous avons toujours été ceux qui nourrissaient le feu et célébraient les fêtes
Du plus loin que je te connais, il a toujours fallu attendre, pour partir
Chacun de son côté, le dernier soir.

6

Il fut un temps où l'on savait que nous étions époux depuis toujours.
Je revois la demeure basse, la plate-forme nuptiale, avant de te laisser
Seule avec l'étranger captif.
Pour tromper les dieux, pour les lier au succès des semailles,
Pour leur faire croire qu'ils protégeaient enfin notre mariage prédestiné,
Le sorcier, entre le pauvre intrus et toi, me faisait coucher immobile
Comme un époux sacrifié.

7

Aller ailleurs ne mène pas au-delà de nos cœurs abusés,
Aller plus loin ne fait pas sortir de notre exil, aller ailleurs
Ne rouvre pas les portes ancestrales.
Viens, éteins la lampe, ferme tes yeux qui me connaissent par cœur,
Jardin fermé, profonde fontaine, immémorial amour, écoute
À travers ces corps sombres et doux se rechercher notre unité première.
Ailleurs est entre nos bras.

8

Tu connais, je connais cette patrie qui te ressemble,
Cette promesse de la nuit.
Cette terre par-delà les eaux, cette demeure sur l'autre rive,
Ce pays toujours retrouvé.
Tu sais bien quel couloir nocturne nous ramène à la porte
Qui s'ouvrira sur notre ancien soleil.

Tu sais que l'ange te défend de l'ouvrir avant l'heure.
Ce serait trop facile.
Ce serait, dit-il, inutile d'écourter ce voyage, de revenir
Les mains vides
Comme un enfant qu'on envoyait aux champs porter nourriture
Et qui prit peur
Et revint, sans courage, sans amour nouveau, rapporter à la maison
Des larmes qui ne désaltèrent pas.

9

Reste encore dix minutes. On va t'appeler un taxi. Sois tranquille. Je suis
Partie de toi ; je suis toi-même ; tu ne t'appartiens pas. Il faut te retourner
Vers ce qu'ils appellent « chez toi ».
Je sais. Tu reviendras, en cachette, mâcher avec moi, sans espoir,
L'amer et taciturne opium de notre identité perdue. Ne regrette rien.
Leurs tabous sont sans force. Mais non pas nos anges sévères. Il est écrit
Que nous aimerons autrui plus que nous-mêmes.

3-2-53

UN CHANT DE SALOMON

Autour de nos reins les parois de la nuit sont rondes et sonores.
Dans la rumeur des artères heureuses et du sang contenté le cœur
Écoute s'ouvrir l'espace intérieur.

Les yeux fermés, regarde, telle une image dans une eau sombre,
À l'inverse de la fuite des mondes tournoyer des constellations obscures
Sous les voûtes de notre sang.
Les ténèbres du temple charnel sont vastes comme les profondeurs des cieux.

Noire, silencieuse, sourde jumelle du ciel visible, sœur de Rigel,
Sous nos paupières fermées écoute gonfler les jardins intérieurs,
Femme, porte du temps !

La palme vers le ciel sucré darde ses fruits nocturnes.
À l'homme tendu vers sa perte ouvre tes grottes marines,
Fais perdre pied à ce nageur
Pour qu'il t'éclabousse des voies lactées de ta descendance.

Mais déjà le premier oiseau pépie sur la branche confuse.
Les monts lavés naissent du safran oriental.
Il va faire jour encore.

Voici l'heure de cette trêve furtive
Où ni le ciel ne clame vers nous ni la terre ne nous attire
Et dans l'arbre qui dort sans rêves
La brise distraitement chuchote le nom de la patrie spirituelle.

Tourne vers ton souverain condamné
Ton masque de poupée qui sourit. Ô seule forte et seule sage,
Ô seule école de la mort !

20.5/3.8.53

EXERCICE POUR LE SOIR

Arrête-toi. Au lieu de haleter de seconde en seconde
Comme un torrent de roc en roc dévalant sans vertu,
Respire
Plus lentement et sans bouger, les pieds croisés, les mains jointes,
Regarde, comme si c'était le monde tout entier,
Un objet, menu et domestique, par exemple
Cette tasse.

Néglige sa courbure, ce bord ondulé, ces dessins bleus.
Ne considère que l'intérieur, cette cavité blanche, cette surface
Lisse.
L'eau n'est lisse ainsi que les soirs de grand calme
Après une journée qui rassemble et retient son bonheur
Au centre du silence où s'arrête son
Souffle.

Peux-tu nommer un jour, une heure, sans reflets d'hier,
Sans impatience de demain, où ton âme fut ainsi
Lisse ?

N'écoute pas ton cœur, ne compte pas ton pouls, ne songe pas
Au temps qui vers la mort te traverse, mais seulement
En arrêtant ton souffle regarde cette pure et seule qualité
De lisse.

Si maintenant tu apprenais à fixer ton regard, ta pensée,
Ton âme sans ciller sur quelques centimètres carrés de
Lisse,
Peut-être alors, sans fuir le monde, sans éviter les femmes,
Sans changer d'état, de pays, de nourriture,
Pourrais-tu espérer un un jour commencer à comprendre
Le monde entier.

C'est une tasse sans valeur achetée dans une épicerie-mercerie
D'un village savoyard du côté de Boège et Séchemouille.
Elle n'est pas lisse.
Le microscope y trahirait un Himalaya d'aspérités.
Ce qui la fait lisse, c'est la lumière, ce sont tes doigts naïfs.
Pour un autre regard, peut-être, une tasse
Vaut une tête.

Autant que l'orgue solennelle ou la machine électronique,
Autant que l'orage équatorial et les courants du Pacifique
Cette tasse
Honore le Nom divin. Si demain tu étais exilé, tu n'aurais pas
Besoin, à condition de l'avoir regardée longtemps, à condition
De pouvoir dans ton cœur recomposer ce lisse, d'emporter
Ce tesson.

Voici l'entrée, non pas de la sagesse, ni du silence,
Ni du parfait pouvoir sur toi-même et ton ombre,
Mais d'une première
Cavité assez lisse pour contenir une poignée de paix.
Maintenant tu peux dormir, les pieds joints pour ne pas couper
Le courant, les mains jointes, maintenant tu peux
T'élever

Lentement, calmement un peu plus haut que ton corps étendu
Et dénoué, comme si tu n'habitais plus que ta tête
Ou tes narines
Ou les environs immédiats de l'œil pinéal ;
Maintenant au-dessus de ton corps pacifié, au-dessus
De ta boîte à sornettes, dans le fluide lisse de ton âme éployée, tu peux
Veiller.

GRAND LIVRE

On te dira qu'après la pluie vient le beau temps ; on te dira
Qu'un tiens vaut mieux que deux tu l'auras.
    Ne le crois pas.
Il est bon qu'après la pluie vienne le déluge ; il est excellent
Qu'un tiens fasse sortir deux loups du bois ; il est nécessaire
Que pour ne pas aller assez souvent à la fontaine
    La cruche soit cassée.

Efface et recommence. On te dira qu'après deux 9 souvent vient le 36
Et qu'à Évian l'été dernier le zéro sortit trois fois de suite.
    C'est vrai.
Un colonel polytechnicien joua trois fois le maximum sur le zéro ;
Cent cinq mille francs ; merci pour les employés, merci monsieur pour les
Comptables du grand livre où sont inscrits depuis toujours vos
    États de service.

Campagnes sous Charles dit le Sage, sous Pyrrhus, sous Ramsès II,
Sous Hamourabi ; blessures neuf ; deux morts à l'échafaud,
    Un suicide,

Une vie ratée comme femme de magistrat. Comme décorations
Un enfant élevé contre tous, une parole tenue en dépit du bon sens,
Trois défaites par obstination contre l'évidence,
    Déshonneur et fidélité.

Il lui dit : Et alors, tu es restée avec lui ? Eh bien oui, elle est
Restée avec lui, s'est fait sauter trois, dont la première fut
    Ratée pour elle
Et la troisième ratée par lui. Mais qui sait à quel titre
Cela faisait partie de son service à elle. Et de quel droit
Se serait-il senti si généreux, si magnanime, pour avoir pardonné ?
    Elle n'est à personne.

Je ne suis pas à moi. Je ne sais d'où je viens, je ne sais
Ce qui est marqué à mon compte ou contre moi
    Dans le grand livre.
Je ne suis pas mon oubli et ne suis pas ma paresse et ne suis pas
Ma pesanteur. Mais j'ai honte du plus profond de ma mémoire
J'ai honte de n'avoir pas crié contre toi
    Éternel.

L'Éternel est en moi qui me regarde moi, plus futile
Qu'un souffle de brise au soir sur une eau calme
        Et sans mémoire.
Il regarde du plus intérieur de moi mes pensées, mes idoles,
Mon besoin puéril d'un Dieu qui ait un prénom,
Mon désir insensé d'une femme qui n'aime
        Que moi.

La femme est sage. Jamais elle n'aime qu'à travers nous, n'aime
Que l'imbécile, le porc et le poltron caché en nous, n'aime que
        Notre mort
Que nous contenons comme la prune son noyau. Jamais ne tient parole,
Jamais n'est chose cadastrable, jamais n'amasse mousse, jamais
Ne récompense l'insensé qui prétend oublier qu'elle est
        En service.

La maquerelle qui sut que la politesse est une forme de la charité
Sera l'aïeule d'un romancier d'une rare
        Élévation de pensée.
Le sperme de Saint Louis chaque jour coule à flots
Dans les paillasses de Bourgogne et de Basse-Bretagne.
Rien n'a ni rime ni raison, rien n'est pour notre usage,
        Après nous le beau temps.

LA FEMME DE LOTH

1

Sodome la sérieuse vantait ses finances, ses lois,
Et ni la guerre ni la prophétie n'avaient souillé la ville.
Sodome ménagère entretenait ses temples et ses toits
Et dans sa fortitude apprise à ne pas implorer la pluie
Elle se gardait pure d'extases, de désordre et d'espérance.
Sodome étale avec intégrité ses remparts dans la plaine.

2

Je suis née dans un pays de rocs et d'eaux loin de la plaine
Dans un village goitreux de gens sans greniers et sans lois.
L'estropié tend un bol ébréché, l'idiot au sourire d'espérance

Chante et court sous la folle ondée qui contourne les villes.
La faim vient avec l'hiver, la fête après la pluie
Et parfois déguisé en somnambule Dieu marche sur nos toits.

3

L'ange apparut comme je languissais à la nuit sur le toit
Et vint me délivrer de la ville féroce des plaines.
Voici, je reviens vers ma patrie de pierre et de pluie.
Il m'a montré la porte secrète dans la muraille de leur loi.
Sur ce sentier déjà qui s'élève au-dessus de la ville
Je flaire sous le vent les espaces de l'espérance.

4

Ne te retourne pas. N'écoute pas. Laisse toute espérance
De sauver même cet enfant sourd-muet et ce chien. Les toits

Suintent sous la nue pourrie qui stagne sur la ville.
Mais qui suis-je pour être sauvée seule parmi la plaine ?
Un âne brait. Un charretier et son cheval, ignorants de la loi,
Rentrent vers ce qu'ils croient une promesse de pluie.

5

Les arbres dorment sans rêves, depuis longtemps privés de pluie.
Les arbres dans la lumière qui baisse font des signes sans espérance,
Les chiens jouent. Une chatte fait ses petits. La loi
De son ignoble lave va recouvrir ces toits
Et ces fontaines qui vaguement chantonnent dans la plaine.
Que suis-je pour être sauvée contre la perte d'une ville ?

6

Seul Dieu, vrai Dieu, Dieu de toutes les villes
Dieu qui prodigue et qui refuse la pluie

Dieu qui jadis m'exila dans la plaine
Je ne veux pas survivre sans espérance.
Ces palmes sans malice, ces enfants sans amour, ces toits
Sans défense témoignent contre ta loi.

7

La femme de Loth, l'étrangère, regarde les toits
De tous ces hommes sans amour aveuglés dans la plaine
Et calmement descend se perdre dans la ville.

1953/4

le faux oisif

qui lentement m'assaille, me désarme, me déchire,
qui de ses pouces m'ouvre comme une quetsche mûre
qui m'égare et me ruine et me sépare et me disperse
serait-ce Dieu ?

23.11.53

Comment en soi jamais découvrir son usage ? Sinon
En se laissant faire. J'ai longtemps résisté à ta pente ; ce soir
Je me laisse glisser.
Quelque ange malicieux peut-être te fait cadeau de moi
Ta dernière poupée, ton premier jouet rempli de sang véritable.
Peut-être est-ce pourquoi je ne te demande rien, sinon
De me serrer sur toi.

Serait-ce moi qui te reçois, cadeau encore fermé ? Pourrai-je ce soir
Dire pourquoi ?
Telle que j'adorai m'apprit l'impossibilité de posséder un être,
Cette autre m'enseignait
L'inutilité de mentir, cette autre le mensonge des promesses, cette autre
Le moment de partir.
Longtemps j'ai cherché dans ton regard pour y apprendre quel poison nécessaire
Tu m'apportais.
Lève ton voile, ouvre tes yeux, montre tes mains, que je découvre

De quoi je dois souffrir.
D'où vient en moi cet étirement inconnu, toujours plus inappris ? Je sais
Tu fais le vide en moi.
Mais cet espace qu'en moi tu creuses, toujours plus vacant, plus sonore,
Pour quel Maître, pour quelle Voix ?

Aveuglément le sang s'élance à son désir
Sans rien entendre
Aveuglément le cœur s'engage à son plaisir
Sans nous attendre
Aveuglément la mort emprunte à nos visages
Un piège à tendre
Aveuglément le lit funèbre nous engage
À nous étendre.

Âme, tu n'es que panse
vide toujours ventouse avide de sang frais tripe
anxieuse de nourriture
tes maigres mandibules
gloutonnement se saisissant de cadavre sacré
et mastiquant pour remplir et rassasier ta peur
ton doute immonde, ta sottise,
élève vers Dieu ta sordide prière de demande

Je te connais…
… Ta stérilité.

Tu ne sais pas que moi seul je L'adore dans sa perfection dans Sa plénitude première avant toute cette comédie d'univers inutile, avant ce spectacle bouffon de temps et de plan divin, cette pantomime de volonté et de rédemption

moi, je résiste, je travaille, j'oppose, j'affine, je pousse, j'accélère vers le moment où tout de nouveau sera annihilé enfin

Seigneur, donnez-moi seulement,
sur mon opacité, mon absence, mon vide,
Seigneur, ah laissez seulement tomber
comme derrière le char de la moisson on laisse à glaner à ces gens de peu qui n'ont su amasser nul bien,
laissez jusqu'à moi, Seigneur, tomber un peu de
Votre lumière.

Seigneur, je ne sais plus, je ne sais pas si c'est moi ou vous qui faites ou qui fais ces ténèbres du langage ces ténèbres où je chemine comme en un cauchemar,
je ne sais plus Seigneur si je suis moi ou vous ah Seigneur, jetez-moi à bas de l'arbre, arrachez-moi à la branche malingre, offrez-moi à piétiner aux bêtes, cassez-moi comme une noix creuse, ouvrez-moi,
qu'un peu de votre lumière tombe sur mon absence et le creux de ma moisson manquée

Et pourtant Seigneur
je suis Vous, je suis une goutte infime de la même mer que les saints
et les anges, je suis un fil de la même tunique sans couture

Il y a beau temps que le soir est tombé
Il y a beau soir que le ciel est plombé
Il y a beau ciel qu'est partie la lumière,
Il y a beau jour qu'est tarie la rivière.

Voici cet oiseau passer bas sous la nue
Il faut partir et rentrer dans le noir
Il n'est plus temps de chanter dans la rue
Il est trop tard pour causer dans le soir.

Les arbres dorment comme un corps inerte,
Un papillon se hâte vers sa perte.
Seul, sans recours, il faut fermer les yeux
Et tout au fond du noir creuser vers Dieu.

9-9-(1954 ?)

AMÉRIQUE DU SUD, HAUTS-PLATEAUX, GUITARE

Les travaux qui ne sont pas faits, ils se feront plus tard.
La nuit rouvre en secret les portes d'un pays ancien.
Guitare, que la main gratte, que la paume légèrement
    frappe, que le doigt
        pince pour la faire brièvement gémir et
            se résigner.
    Guitare, profonde fontaine.
À l'homme qui y jette un caillou, elle répond
par l'onde toujours plus ample de la mélancolie.
La mélancolie n'est pas une plainte, mais un lieu.

    Ai-je dit
les gendarmes venus pour la réquisition, la banque de
crédit et d'investissement, l'argent perdu aux dés avec
les fils de chienne enculée de la Compagnie des Autobus,
le maïs brûlé, l'enfant mort ? Ai-je crié ? Imploré ?
    Je dis la nuit, je dis l'absence
même d'une brise dans les arbres qui dorment sans rêves,

différents en ceci de l'homme, je dis
la corde pincée, ce creux frappé de la paume,
ce gémissement arrêté, recouvert de silence,
et comme lorsque l'on plonge une épuisette dans la rivière
si profonde qu'elle coule sans bruit aucun,
la guitare jusqu'au bord et même
à déborder en flots sourds, la guitare présentement
        remplie de nuit.

Janvier 55

Voici
dans la vitrine de comestibles fins
les noirs homards, les langoustes,
une antenne brisée, une patte arrachée,
l'œil un bouton de bottine très noir
très en colère
                    — mais comment y aurait-il
colère où il n'y a aucun apitoiement sur soi ?
ni regret ? ni peur ? seulement
rupture, recherche encore,
la patte encore tâtant le sol obscur,
l'antenne qui cherche.

                    Ainsi, parfois, les vieux :
trop courbés pour prétendre encore,
trop cassés pour mentir.

Comme
les vieilles femmes russes de l'exil

quand vient le pope, ancien cosaque,
tirent, de dessous le lit, un pot de confiture,

et comme
les très vieux juifs,
regardant encore, au soleil qui ne réchauffe plus,
les tétons de la jeune bouchère kosher et myope,
ou, le soir à la cuisine, du petit-fils
debout dans la bassine d'eau tiède, les couilles où dort
la descendance de la douce et profonde Rachel,

et comme
le père R. K., crustacé de grand âge,
de grande saumure austro-morave,
le père K., un matin de neige, debout sur ses jambes mortes,
mettant ses bretelles et parlant de
Colette (alors morte depuis peu) :
« Ja, die kannte die Leute.
Die kennt die Leute : bis in den Arsch hinein. »

et comme
le vieux Ludwig, après tant de
sonates inutilement explosives,

s’amusant à présent
à fredonner pour lui seul, et peu lui importe
que le trait soit béatifique ou grinçant sur ces
vieilles boîtes à cigares de Stradivarius,
Guarnerius, Amati, Tutti Quanti, ce qui
l’intéresse, batifolage de baleine
bourrée de kermesses stellaires, ce qui
l’intéresse, c’est ce bout de chanson transfiguré et
l’espace autour, l’immobilité, la nuit autour de la
chanson filée droite et sans mentir,

ainsi, au soleil qui ne réchauffe plus, les vieux :
dans la carcasse rompue, un regard s’est ouvert.

Ainsi, à l’Ermitage
parmi tant de noblement Poussin sur qui
La Néva pose ses reflets de gel,
le vieil Hendrijk, désormais se foutant d’être
de bon ton ou baroque ou structuré, peignant
à truellées de terres épaisses, à traînées
de couleur grattées au fond des pots, peignant
cette haute chose rectangulaire et, tout à droite,
sans raison anecdotique la moindre, ce personnage

indispensablement vertical et
le dessous des
sandales de l'Enfant Prodigue et les
épaules courbées vers lui du Père.

Nous fûmes entiers, carapacés de noir et de dur.
Éternel, tu nous as rompus. Où est présentement
le dehors, le dedans ? Éternel, tu nous as
cassés.

(1954)

PEUPLIERS ET TREMBLES

Peupliers et trembles. Dans la dernière clarté horizontale
à cette heure où la feuille la plus haute, qui tout le jour
était prise dans la rivière de brise invisible
soudain se fige en un miel de silence.

Pourquoi toujours ai-je reconnu le soir ?
Le soir n'arrête rien
— si ce n'est ce court instant irrésolu où la terre,
ayant cessé d'inspirer, retient son souffle
avant sa longue expiration nocturne —
et tout à l'heure la chasse sera ouverte de toute dent,
de tout œil, de toute griffe contre tout poil, contre tout sang.

L'Éternel
est un grand hibou au plumage de silence.
L'Éternel est une martre.
L'Éternel tue l'Éternel et se nourrit de son propre sang.
L'Éternel est ce qui n'a pas de sens,
n'a point de lieu, de nom, de temps —

Peupliers, trembles du soir,
que j'ai aimé ces feuilles à deux couleurs
entraînées pâles et sombres dans le courant de l'ample rivière invisible !

Tout à l'heure, la recherche de la chaleur, les grottes,
les profondeurs de la nuit créée, la plongée
vers les eaux souterraines, mais maintenant
ce court arrêt, la largeur à peine d'un fuseau horaire,
ailleurs meuglent les usines, les rotatives,
ici même aux fenêtres de grands express européens
la matrone hollandaise entre Colmar et Mulhouse regarde
Bolwiller tout éperdu dans un miel solennel.

Rien de réglé, rien de promis, le soir n'apporte rien.
Ô confitures du quiétisme ! miel vénéneux à l'âme, et pourtant
le soir est l'image du pays natal
le soir nous ouvre un pays ancien.

* * *

Ton visage sombre.
Qui es-tu ?
Je ne puis te voir. Je ne sais pas ton nom.
Tu sembles attendre, attendre quoi ?
Si tu es un ange, comment pourrais-je
        deviner, non pas même ton message, ton commandement,
            mais ton nom ?
Je te trouve sous mes paupières fermées, presque sans visage,
        dans l'espace intérieur qui après minuit se creuse.
Verts sont les profonds pâturages mentaux.
        Non, jaunes. De nulle couleur.
Pourrais-tu expliquer ce songe que je fis,
        1a place, au soir, cette foule petite, d'un temps
            d'affliction, cette petite troupe presque éparse de
                fidèles restés en arrière.

[CRÉPUSCULE]

Salomon sait la malice, la ruse, l'intrigue
la longue ambition dissimulée, la grande
concupiscence du pouvoir qui brûle les chétifs,
ceux qui jamais ne furent, jamais ne seront, rois.

Salomon a vu se ranger les armées, trépignantes
de sottise sacrifiée sous les torchons sacrés.
Salomon a connu, assis sur leurs sacs de laine,
les juges frileusement jouant à décider d'autrui.

Salomon n'est pas désarmé devant le soir
qui ouvrant le sérail laisse derrière la tenture entrebâillée
une longue lueur verte mourir sur les collines confuses
d'où un jour très lointain doit venir le salut.

L'heure, n'est pas aux prêtres délirants, aux mages
prophètes sautants et glapissants de haine dédiée.
L'heure est tout entière, et pour des siècles encore, à la seule
attente d'une venue qui tardera longtemps sur les collines.

Il est des siècles où le temps stagne. Pourtant
belles les moissons, pleines les brebis, à flots
les génisses au soir, les femmes à foison
à grands frais amenées entravées de soie.

Il est des nuits à se créer le vide dans l'âme
qui plane haut au-dessus du corps contenté
vide de toute brûlure. Il est des nuits où la chouette
crie sans désir et sans regret dans l'arbre mort.

8.10.56

JONAS

Ainsi, sur tels murs, sous telle plaque
    un bouquet parfois de fleurs communes
que ceci soit
    offert, tôt fané, en menu signe de connivence

AUX OMBRES

parfois penchées sur notre épaule
(ironiques ou encore sévères)

et notamment à

MAURICE ADREY, soldat, peintre ✡
LOUIS B., soldat (II III), †
RICHARD DE K. dit S., soldat (II), médecin †
JEAN LABRIT, soldat, musicien
JEAN-MARIE L., soldat (⁘) †

Veniunt
Passi fuerunt et sepulti
Et res.

Sanctus Dominus Deus Sabaoth
Agnus Dei, qui tollis
Dona nobis pacem.

INVOCATION LIMINAIRE

Ils ont habité avec nous dans la gueule de la baleine.
La baleine les a crachés sur l'autre rivage :
Les timides.
Les gauchers.
Celui qui était albinos et bègue.
Les myopes. Les méfiants, les malins.
Et ce grand garçon qui avait toujours soif,
toujours sommeil.

Regardent-ils parfois par-dessus notre épaule ?
Depuis qu'ils sont partis, nous n'avons vu personne.
Sommes-nous aveugles ? Ou bien
« spiritisme, religion de nègres », écrit,
dans quelque périodique exquis, un Révérend Père.
Pourtant,
s'ils regardaient, parfois, par-dessus notre épaule ?

Ou bien, quittant le rivage de la mer intermédiaire,
se sont-ils avancés depuis longtemps
dans l'intérieur des terres spirituelles ?
Le sorcier noir sait appeler, sait, quand elles voudraient
s'en aller, retenir, ramener les ombres, les âmes.
Qui de nous saurait appeler
saurait ramener
l'ombre de John,
de Bernard,
de Maurice ?

En l'honneur de Monseigneur Saint Maurice
colonel romain qui commanda la légion thébaine,
martyr, fête le 22 septembre,
l'abbé de Saint-Maurice-en-Valais, évêque de Bethléem
porte mémorial ruban de moire écarlate.

Mais Maurice
qui n'allait plus à la synagogue, ne peignait plus de fleurs,
ne peignait plus qu'un pan de mur, une porte ouverte, un peu
de lumière d'atelier par une porte entrebâillée,
des verticales, la ligne d'horizon du plancher,
Maurice qui se privait du vert, du bleu,

qui de nos morts servira de guide à Maurice ?
Qui de nous vivants saura faire un feu pour Maurice ?
Que brûlerons-nous de nous-mêmes
pour faire le feu spirituel ayant pouvoir
de réchauffer, de délivrer Maurice ?

(Une tradition, t'en souvient-il, assure que les suicidés
souffrent longtemps, emprisonnés dans des glaces mentales,
de tout voir, sans pouvoir jamais agir, avertir, aider.)

Ombre,
qui regardes par-dessus mon épaule
que puis-je faire pour toi ?
Il n'y a point ici d'ombre, mais seulement
la peine et le travail des hommes vivants,
la longueur du temps, la résistance de la seule matière.
Mais qui dira
si les ombres parmi nous
ne sont pas à leur tour penchées
sur ce même travail inépuisable ?

Ombre, que puis-je pour toi ?
Avec mes yeux bornés, mes yeux vivants,
avec mes mains obtuses, vivantes,
avec ce corps, avec ce temps qui m'est laissé,
Ombre, veux-tu que je regarde
pour toi
ces visages, ces paysages ?
veux-tu que je touche
pour toi
ces fleurs, ces cheveux, ces choses ?

veux-tu que j'essaie
avec toi
de soulever un peu du lourd fardeau accumulé ?

Qu'as-tu fait de ton frère Maurice ?

J'étais ailleurs. Je n'ai rien entendu.
Je n'écoutais pas. Je me regardais dans un miroir.
Ce n'est pas moi qui ai ouvert le gaz.
Je n'ai rien fait pour mon frère Maurice.

Ombre, qu'ai-je à t'offrir ?
Quel pain ?
Je n'ai pas défriché, pas labouré, je n'ai pas semé,
Je n'ai tracé que des chemins de poussière et
mon sillage parfois sur la mer qui oublie tout passage.
Quel pain, sinon de ténèbre et de séparation ?
Quelle eau ?
Je n'ai pas marché vers les eaux désirables,
je n'ai pas de quoi te donner à boire.

Et Bernard
qui toujours dormait de tout son long
à plat ventre, bras en avant comme le
nageur de crawl dans l'eau profonde du sommeil,
qu'as-tu fait de ton frère Bernard ?

Il ne m'a pas appelé.
Quand je suis incapable de me garder moi-même
Comment serais-je le gardien de mon frère ?
De quoi porterai-je témoignage
sinon de mon injuste sursis ?

Ombre, tu te souviens ? Il fut un temps
où comme les femmes à l'heure de leur accouchement
nous regardions d'un même regard et la mort et la vie.

Il m'importe peu
si l'univers a forme d'œuf ou de
boomerang. Notre pays à nous, c'est
ce maigre rivage où nous voici jetés,
notre voyage à nous, c'est
le voyage dans la baleine.

Ombre, tu te souviens :
Ce dimanche de mai.
L'église d'un village d'argile et de décrépitude.
Six cents feux. Combien d'âmes ?
Nous étions debout
casque accroché au ceinturon,
masque qui servait à Bernard de garde-manger,
bidon rempli des sacrements de l'Intendance,
nous étions debout,
vêtus de cuir, de fer, de feutre,
vêtus de peau mortelle.
Nous écoutions ces voix d'enfants.

Comme le cerf brame après la fraîcheur des eaux…
Je n'ai pas eu soif pour mes frères. Et peu à peu
me gagnent la broussaille de l'âge, la ronce du mépris,
et cette solitude qui n'est que paresse, comparée à
ton dur hivernage dans la banquise mentale.
Ombre, voici que
je voudrais avoir eu soif, pour toi, depuis l'origine du temps.
Le cerf est
stupide, le cerf se bat pour
la biche la plus gluante, le cerf
empêtre sa ramure dans les sous-bois, mais le cerf
brame à la recherche des eaux vivantes. Voici que
je n'ai accumulé que la citerne de la mélancolie,
la fontaine de Narcisse, qui ne désaltère personne,
et ces larmes
pleurées sur moi-même.

Ombre, tu te souviens :
(toi qui peut-être souffres de notre peu de soif)
ces voix d'enfants.
distribué le pain dont on assure qu'il fut béni

ces voix d'enfants,
ces mots de notre obscurité, ces mots
de notre misérable et nécessaire devoir,
ces voix
essayant d'offrir quelque nom qui pût convenir :

SEIGNEUR

chef de guerre, chef de clan,
fils de l'ancien totem,
roi sacrifié pour nos semailles,
père qui défend et qui punit,

HAGIOS O THEOS : SANCTUS DEUS

créateur de la tarentule et du serpent,
inventeur des muqueuses et des sphincters,
chimiste de l'albumine et de l'ammoniaque,

HAGIOS, ISCHYROS : SANCTUS, FORTIS

illusionniste, escamoteur,
enfant qui fait des bulles d'hydrogène,
ovaire d'une seule menstrue pondant les galaxies,

Seigneur des cohortes spirituelles,
Seigneur aussi de notre déroute,
Seigneur aussi de nos nuits vers la mort, vers la vie.
« Emportez-moi » criaient des voix dans la nuit,
Seigneur de notre première halte
        dans la joie d'être vivants,
        dans la honte d'être vivants
    aux quatre coins de ce drap noir tendu,
le drap du Requiem pour tant de corps absents,
    ce drap vide que nous tenions : un soldat,
un sergent, un capitaine, un officier général
    tenant aux quatre coins
ce drap creusé sous le poids invisible
    de tant de cendres laissées derrière nous.

La nuit dans les chars qui rouillent sur
les hauts de Meuse, l'araignée tisse, la fourmi
à longues corvées récupère les minéraux précieux
que naguère, dans le ventre de leur jeunesse,
patiemment préparèrent des femmes rieuses.

(Les dames de Ninive
et autres préfectures d'avant-garde
ne savent pas ce qu'est l'amour du guerrier
pour le corps de ses frères. L'amour d'Achille
pour ce corps bien-aimé qu'Hector
abat dans la poussière, la fureur d'Achille
traînant dans la poussière les bras, les
boucles, les cuisses, douces aux femmes, d'Hector,
ce n'est pas désir désœuvré, ce n'est pas
vengeance de sérail, mais l'égoïste amour
par lequel le guerrier dans ce corps fraternel
d'avance pleure son propre corps, privé
de descendance, son corps avec lequel
périront des peuples non nés.)

Achille, qu'as-tu fait de ton frère Hector ?
L'ennemi aussi, cruel et pitoyable,
a perdu, par ta faute, son héritage,
l'ennemi aussi, a été jeté en pâture
aux idoles que tu n'as pas brisées.

L'évêque venu de Guéret dans la Creuse
parla en termes pénétrés et paternels et dit en substance

que ça nous apprendrait
à manquer les offices.
Et le drap vide
contenait par avance les cendres
de tous nos morts à venir :
Bernard, John,
Richard,
Maurice.
C'était une messe militaire : aux endroits
où d'ordinaire l'enfant de chœur agite sa sonnette, ici
éclataient les sauvages tambours,
bramaient les féroces clairons.
Ouvrez le ban !

Ombre de mon frère,
cendre de mon frère, qui fut homme,
c'est pour toi aussi qu'est dite la parole
la parole où l'on met genou en terre et
battent les prétoriens tambours :

ET HOMO FACTUS EST
Et fut fait
cendre, fut fait
peur, fut fait
pesanteur et ténèbre, fut fait
proie dans la gueule de la baleine, fut fait
doute, fut fait désespoir.

Seigneur des armées,
Seigneur des soldats,
Seigneur qui nous jeta dans la gueule de la baleine,
donne-nous aujourd'hui
non pas encore ta paix, mais
notre quotidienne nourriture d'erreur, de confusion,
d'aveuglement, d'injustice,
afin que, mâchant notre pain de poussière et de vent,
nous nous rappelions chaque jour
que l'Éternel n'est pas une poupée faite de main d'homme,
qu'Il n'est pas un fantôme docile à notre appel,
qu'Il ne donne, même contre Caïn, nulle victoire,
qu'Il n'est pas justice, pas ordre,
pas amour au sens de notre langage cannibale,
n'est pas vie, n'est pas dieu,
n'est rien de ce que dit une parole humaine.

Seigneur, donne-nous notre peine quotidienne
afin qu'elle soit pesée avec les cendres de nos frères.

Ombre,
que je ne vois pas, qui ne me parle pas,
que puis-je, sinon
dire que tu fus peur et courage,
amour et solitude,
homme que nous avons, si mal, aimé.

1954-5

[FRAGMENTS]

I

[BÉNÉDICTION]

« Je, dit cette jeune femme, n'aime pas les histoires de draps »,
Alors qu'on lui soumettait une nouvelle
        pourtant ô composée artistement
        et même le grand époux écrivain (bon gars au demeurant)
        concéda qu'il y avait des phrases dignes vraiment d'un sort meilleur
        (i.e. = dignes d'un sujet plus grimpé, comme
        la difficulté qu'il y a assurément d'être homme,
        les ennuis qu'on a avec les gens peu gentils, etc.)
Et la comtesse aussi, ô pourtant exquisement si femme, et qui trouvait
        dans « Bach en automne » un « immense talent ».
Eh bien, elle n'aimait, mais pas du tout, que même en termes choisis
        on descendît au-dessous du nombril
        (c'est à se demander parfois comment-y

font les gens de goût pour avoir une descendance)
(— et vous verrez si ce pouâme pourtant était d'une
considérable élévation je ne dis pas seulement de sentiment
mais idem d'écriture,
parce que de temps en temps mine de rien je vous en glisse
un passage dans le présent écrit, comme j'ai fait déjà à la
page x — et entre nous, c'était-il pas beau ?)
Élevé. Élévation.
Moi, je croyais avoir entendu assurer que
Dieu n'avait ni largeur ni hauteur, ni haut ni bas,
était pareillement absent pareillement présent dans les
lieux supérieurs, lieux inférieurs,
Moi je croyais que
Dieu est censé avoir créé le monde
(il est vrai que j'ai toujours été peu doué en théologie et qu'à
ce que me disent les petits barthiens jamais je n'aurais pu seulement devenir
bach. théol.).
mais enfin
as quite explicitly stated in the Nicean creed (et comme
le savent même les discophiles possesseurs de la
« Missa solemnis », du père Ludwig).
Moi je croyais que la chrétienté croit en Dieu
« OMNIPOTENTEM » (dont le pouvoir plonge

au-dessous du nombril jusque dans la Terre femelle)
« FACTOREM COELI ET TERRAE,
« VISIBILIUM *OMNIUM* — tout ce qui est montré, exhibé, dévoilé,
et Dieu sait s'il y a peu souvent de quoi se pâmer ! —
« ET INVISIBILIUM » :
tout ce qui est dissimulé, fût-ce au profond du cœur.

Moi, je croyais que c'était clair,
comme avaient dit les Messeigneurs du Concile,
« *Orpheus is, after all,*
note l'éminent critique musical,
« *essentially a castrato part* ».
Mais sommes-nous des enchanteurs ou des magiciens
ou des fées ?
Jean-Baptiste Vianney, curé d'Ars en Bourgogne,
s'il fut chaste, pour apporter plus d'énergie à cette
immense flamme dont il brûlait,
est-ce à dire qu'il n'eût pu, aussi bien,
être taureau de village ?
Jeanne, la Pucelle, depuis quand sait-on qu'elle était brehaigne ?
Un castrat, qui dit qu'il est chaste ?
Est-ce un homme (*vide* les précautions pendant les conclaves).
Or plus loin, même texte,

en ce passage auquel on met genou en terre,
« ET HOMO FACTUS EST ».
Où est ici Orphée ? Et quarante jours
dans le désert sont-ils, fût-ce chez le plus
pauvre Bédouin, preuve d'impuissance ?
Qui parle ici de misère localisée au-dessous ou au-dessus du nombril ?
Ô présomptueux ! c'est notre situation tout entière
qui ici est assumée dans sa nécessaire misère spirituelle,
Ô orgueilleuses ! qui croyez qu'en concédant
quelque misère au-dessous de vos nombrils
(der Apotheker hat vorzügliche Erzeugnisse)
vous maintenez du moins au-dessus du bedon
ô de haut vol la distinction d'une belle âme !
Misère des pieds à la tête
en progression géométrique en montant vers la tête,
et toute maladie n'est-elle pas
le stigmate de quelque trouble spirituel ?

Maître que je ne nomme pas
ô douceur, ô orientale indifférence,
et en tant qu'homme pensant en mots humains, ô sagesse,
ô indifférence aux détails épidermiques,
— Israël, « incirconcis de cœur » —

jamais un mot concernant la misère de Marthe ou
Madeleine.

« ET HOMO FACTUS EST »
du fond de la fosse profonde et marine
— poissons aveugles et plats —
— spirituellement ne sommes-nous pas
aussi profondément éloignés de la surface
que les grands fonds antihimalayens des Philippines,
et pour le nageur remontant à la surface
l'épreuve terrible de la décompression —
du fond de la fosse émergé,
les pieds glauques et verts,
la tête solaire
une auréole insoutenable de substance en fusion.
Le Maître voit Madeleine et la connaît de part en part
et ne la rejette pas, ne rejette rien d'elle
VISIBILIUM ET INVISIBILIUM (au plus profond du cœur incirconcis)
OMNIUM FACTOREM.
Il y a beaucoup à dire, en mots humains, de ce temps, de ce lieu,
« pour ou contre » le Maître, mais certainement pas qu'il était
calotin.

Le niveau de la mer spirituelle, qui dit
que c'est le niveau du nombril ?
Ange au-dessus, bête au-dessous ?
Et qui dit que notre corps mental est plus lavé que la
porcherie de Circé ?

« J'aime, dit cet homme de goût, ma mère. »
Mais aime-t-il la misère de sa mère ?
Et si ta mère, étant infirme,
n'ayant plus rien dans ses os qu'un peu de
calcium ramolli
parce qu'elle t'a donné les minéraux précieux de sa jeunesse
pour faire les dents de ta gloutonnerie
et les muqueuses de ta lubricité
diras-tu que l'infirmière apporte le bassin,
et si ta mère meurt,
diras-tu qu'une servante l'habille comme il est convenable dans sa
plus belle robe de dimanche et fêtes ?

Ô présomptueux, qui dit misère,
voici les petites sœurs des pauvres
et Messire Vincent de Paul

voici ce profond amour qui va tout droit sans rien marchander et qui
embrasse l'être tout entier
et l'enfant de 18 ou 68 ans, l'enfant des pauvres,
elle lave le derrière de l'idiot,
elle nettoie le vieil ivrogne égrillard
(le très vieil ivrogne d'Hirsingue, « Petit agneau »,
comme il s'appelait lui-même, petit agneau, « Schefala »)
voici cet amour qui ne discute pas avec Dieu
et ne fait pas le critique esthéticien qui trouve
que dans la création, à côté de passages de première force,
il y a de bien regrettables faiblesses.
Ô truie esthétique, qui tolère les araignées, les serpents,
et qui parfois dit merde pour faire moderne,
mais ne saurait souffrir mention des poils du cul !

Jonas, sa mère étant infirme et ancienne, après une vie modeste,
« povrette et ancienne », sa mère lui dit,
timidement et d'une façon oblique,
comme si elle parlait à tante Emma ou cousine Élise,
sa mère, obliquement, lui laissa entendre
que la nuit où elle le conçut elle avait eu un vrai plaisir
ce qui dans nos pays dans ces temps-là n'arrivait après tout
pas si souvent.
Jonas, sa mère étant ancienne et fragile, avancée vers l'autre

rive du fleuve, sa mère lui fit entendre
qu'elle avait eu, à le faire, beaucoup de joie.
Et Jonas, de ce jour, bénit sa mère,
Jonas bénit sa mère
dans son cœur et ses couilles et ses poumons, ses reins,
Jonas bénit sa mère de toute véhémence de
ce corps qu'elle lui avait fait avec joie.
Jonas, dans son cœur, s'adressa à sa mère, les yeux levés et dit :
Mère
je t'aime d'amour, je t'ai toujours aimée, je t'aime à grande joie
(Et quand parfois,
moi qui d'amour avec la férocité de l'amour te voulais
infiniment belle, brillante, fêtée, grande dame, grande actrice,
grande Reine, Fée, infaillible, Reine de mon Ciel d'enfant,
quand parfois plus tard, Mère, ô craintive, distraite,
obtuse, par fatigue, après tant de dons
je m'emportais contre toi, de violent amour déçu,
d'un amour d'homme, ô Mère, je cherchais encore
aveuglément et comme un nourrisson ta profonde chaleur).
Ô Mère, dit Jonas,
(sorti de sa baleine et craché sur le rivage,
par la baleine Guerre — et bien entendu
le Dr. Schmalz de Vienne dira que c'est un

clair symbole : baleine. Mais oui, Docteur. On
connaît aussi, on sait ce que parler veut dire)
Ô Mère, je t'aime entière sans rien mettre à part,
(et maintenant encore que j'ai appris
à vivre en maints lieux, sans besoin de
tes touchantes idoles, tes richesses saugrenues)
je te bénis pour les longues heures de ta délivrance
à travers lesquelles encore tu m'aimes de profonde joie !
et Jonas dans son cœur avec sa mère fit sa paix.
(Ô tête d'âne, ô cervelle de goret,
qui crut juger, comprendre. Il y a
beaucoup à dire sur
la femelle de l'espèce humaine, notamment
qu'elle vaut mieux que la plupart des mâles :
plus vraie, plus résonnante, profonde).

1954-5

2

[PSAUME]

La baleine, dit Jonas, c'est la guerre et son black-out.
La baleine, c'est la ville et ses puits profonds et ses casernes
La baleine, c'est la campagne et son enlisement dans la terre et l'épicerie
et la main morte et le cul mal lavé et l'argent.
La baleine, c'est la société, et ses tabous, et sa vanité, et son ignorance.
La baleine, c'est (dans bien des cas, mes frères, mes sœurs) le mariage.
La baleine, c'est l'amour de soi. Et d'autres choses encore que je vous dirai
Plus tard quand vous serez un peu moins obtus (à partir de la page x).
La baleine, c'est la vie incarnée.
La baleine, c'est la création, en fin de compte superflue, mais indispensable pour cette expérience
gratuite et d'ailleurs quasiment inintelligible.
La baleine est toujours plus loin, plus vaste ; croyez-moi, on n'échappe guère, on échappe difficilement,
à la baleine.
La baleine est nécessaire.

Et ne croyez pas que vous allez tout comprendre comme cela d'un coup.

Car enfin,
Bien sûr la guerre est emmerdante
Bien sûr la société
Bien sûr le mariage
    Mais on n'a pas encore trouvé d'autre école
De sorte qu'en fin de compte
Il ne reste en dernière analyse, comme cause d'emmerdement
Que l'amour de soi-même.
Car il faut savoir : l'on regarde au-dedans ou au-dehors
(Comme moi quand elle ouvrit la bouche — ou à travers moi).
Ainsi justement : la guerre,
La société, le mariage… il y en
A qui se servent comme
De tremplin pour sauter plus loin qu'eux-mêmes…

3

[CANTIQUE DE JONAS]

Nous avons passé l'âge de nous plaindre ;
De quoi au fait nous plaindrions-nous ?

Il y a beau temps qu'on est sevré de la baleine maternelle.
Nous avons été dans la gueule de la baleine guerre
Et elle nous a recrachés sur le rivage.
Geignards ou glorieux, nous avons passé l'âge.

Moi, dit Jonas, à la fin d'une phrase je mets un point.
Et les majuscules au début de chaque ligne c'est uniquement parce que
Ça fait plus joli à l'œil, chaque imprimeur vous dira ça.
Évidemment pour celui qui écoute un autre lui lire ce n'est pas pareil
Et lui ça lui est égal qu'il y ait des majuscules.
Pourtant, Seigneur — et certes, ce que j'en dis,
Ce n'est pas pour élever ma voix contre l'Éternel.
Plutôt contre moi et pour remâcher ma folie
Dont le goût dans ma bouche qui s'édente est amer.
Contre ma folie et contre ce vide de moi
Qui de moi-même fait comme
Une baleine de vanité, une baudruche de vent.

Mais en l'absence du Seigneur je m'assieds et m'attriste.

De quoi pourtant, de quoi Jonas se plaindrait-il ?
Je suis vivant, dit Jonas, pas très vivant
Puisque l'Esprit si rarement si brièvement me visite

Mais je suis vivant la bouche encore pleine
De mer et des humeurs âcres de la bête
Et pas très remis encore du mal de mer
Mais au total il n'y a pas à dire ça va
Et quand ça ne va pas, on fait aller.

Palmes, dans le ciel vert des oiseaux de passage
Au bord de l'eau, le soir encore brûlant
Échoué sur la côte du Brésil j'ai levé les yeux
et remercie l'Éternel qui me tient dans le creux de sa main.

Ce n'est pas tellement que je m'accuse
Ni d'ailleurs que j'essaie de me justifier.
Quoi ! J'ai peu menti, jamais tué en fait et
Presque jamais en pensée ; pour le reste, c'est entendu,
Flemmard et peloteur et parfois geignard
Personne au total de particulièrement, de bien intéressant.
Ô liquéfaction métaphysique, noyade bouddhique
Ô dispense de composer une personne superflue
Ô lassitude et secret désir d'enfin se perdre pour de bon
Dans les ténèbres internes de quelque baleine définitive.

Sentinelle, dis-nous la fin de la nuit.

Bonne affaire, bon aloi, bonnes fortunes
Bon usage de mon bon droit,
Bon air, bonne à tout faire, bon enfant,
Bonne vie, bonne à rien faire,
Quand ça ne va pas, on fait aller.
Ah l'époque est intéressante, notez bien
ah, le moi est intéressant
mais celui qui est établi, celui qui vit dans l'entre-deux
celui qui n'aime assez ni son Moi ni Dieu
celui qui a été craché des ténèbres de la baleine personnelle
sur un rivage vide où il n'a pas su parler à Dieu
celui-là, que fera-t-il ?

ONCLE JEAN

avait à maints égards
avec long corps longs os long nez long nom
de noblaillon frison de longue plaine en bordure de morne mer
une *altogether rather endearing form* — à maints égards — de khonnerie.
Mendel-Sohn, disait-il, Mendel-fils, Mendel Figlio,
parce que dans ex-régiment de 8e hussards il faut avouer
modestement badois, à Rastatt (d'où les socialistes obtinrent
indirectement son renvoi : faute commise à l'exercice en son absence,
un homme tué par la faute d'un adjudant saxon
un mois de forteresse pour calmer la presse locale de
gauche sur instructions d'en haut, il donne sa démission) il était
de bon ton de toujours rappeler que l'on sait qui est qui ;
Or oncle Jean adorait Mendelsohn (Bartholdi), tendrement, et
plus tendrement encore adorait, vénérait, aimait d'amour Heine (Henri)

— ô Allemagne
te trouveras-tu jamais ?
tout ensemble fille d'auberge, fille à soldats, truie publique, ange insolite,

Mais qu'ont-ils fait ces ambassadeurs à la messe là-bas
pour prétendre juger ce long chemin noir dans la boue, dans la
servitude (ô révolte noyée dans la boucherie,
Bataille de Weingarten, sur les ordres de
Hochwohlgeboren le comte Truchiess von Waldburg
catholique incidemment, vingt mille paysans ont les yeux crevés ;
le libéral héritier dudit comte est un fort bon
ami de chasse d'excellent général catholique et sans nul doute
breton par quelque coin de Montsabert) si vous croyez
qu'on rigole tous les jours avec des
pommes de terre arrosées d'alcool de bois comme chez
les sauvages d'au-delà de l'Elbe ou même dans ces
vieux pays romains avec un peu de piquette sure
et le tonneau commencé de choux.

ONCLE JEAN

en 1925 encore seul dans son garni de Bâle, ville ancienne,
dont par sa mère il était natif et citoyen, dans son garni
où grand-père lui envoyait au début du mois 200 DM pris sur sa
pension d'après l'inflation d'ancien professeur de mythologie bismarckienne
oncle Jean sur des cartes au 50 000e, il refaisait les batailles manquées,
il tournait plus à droite, appuyant vers l'Ouest, il arrivait

sur les hauteurs d'Argenteuil et entrant dans Paris sans bousculer les
marchandes de quatre-saisons il entrait ainsi qu'un Rothschild de Francfort
droitement chez Larue, Voisin ou débonnairement Maxim's,
entrait dans Paris portant en poche une édition de Heine
Prosa Werke politische Schriften ô Allemagne qui aurait peut-être
pu devenir bancaire, marchande, maritime, amie des arts, exotique,
mère de philosophie subtilement nourrie d'Asie et de néant
ô confitures du néant délicieusement irritantes comme une
septième diminuée agrémentée d'une courtoise dissonance postschumanesque
et dans Paris il disait au chef d'État-major il faut
maintenant ou jamais apprendre à vivre nous sommes les Romains à Athènes
laissons les londoniens Carthaginois certes de naître anglais
eût été élégant et nous eussions valablement aussi eu Mendel-sohn
mais les Anglais ne vivent que pour eux, sachons partager, sachons
après trois jours seulement d'ivrognerie surveillée sachons
pour tout viol pour tout vol pour toute exaction faire fusiller un
peloton de soldats de préférence choisis de Prusse Orientale
ou même ce serait parfaitement défendable de Bavière ou de la
saucissonnante Saxe ô pays éloignés de la mer et du soleil il faut
immédiatement pension impériale à ces cent écrivains dont voici
une liste dressée d'après implicites indications de Heine (Henri)
mais *the trouble really is* que nous ne
pouvons pas réussir, réussirons jamais, devons pas réussir

et que notre vocation est comme des Russes d'Occident
d'échouer et de souffrir
inutilement je le veux bien jusques à quand Seigneur, mot de pure
rhétorique d'ailleurs puisque le Professeur Haeckel prouve *conclusively*
que Dieu ne saurait exister encore moins un salut individuel que
voulez-vous quand il y a ces nébuleuses comme Andromède qui nous
éclairent d'une lumière d'avant même Confucius ou l'Honorable Chemin
de Celui qui sut que toujours nous parlons trop. Ô France
qui fut par la voie des généraux huguenots l'instrument de
notre malheur et notre enfoncement jusques à quand dans la saucisse
prussienne arrosée d'alcool de bois, ô France si douce
sous Henri de Navarre, Henri III qui fut roi de Pologne le seul
tolérable le seul respirable le catholicisme dès qu'on traverse le Rhin
cesse une fois pour toutes d'être vivable et devient
une fois pour toutes idolâtrie de valetaille menteuse et de
superstitieuse racaille. Il y a ainsi des paysages où
ainsi que certaines architectures certains systèmes de pensée sont impossibles
et d'ailleurs, ne serais-je petit seigneur sans fortune sans honneurs petit
et pourtant et justement fidèle, je serais Alsacien et Bâlois
comme mon neveu Jean-François le justement nommé et mon neveu
Rainer descendant éloigné de l'oncle de Napoléon fils de
Madame née Fesch

et le dimanche

oncle Jean d'abord allait à Bâle chaque dimanche que fait M. Haeckel
déjeuner chez sa cousine (il faut dire par alliance) déjeuner de spaetzle
— littéralement petits moineaux, petits oiseaux, nom donné notamment
à des sortes de gnocchis style alsacien alémanique et souabe —
puis dans le grand lit ex-nuptial de la cousine édredonné et vastement
carré de noyer alémanique il trempait son spaetzle dans le
beurre bâlois de la cousine nous savons aussi à Mulhouse et Guebwiller
parler en mots à double sens. Guebwiller logiquement eût dû en oncle Jean
produire un poète d'une certaine élévation de pensée, d'une élévation certaine
et non dénué de quelque félicité dans l'expression. Le 14 Juillet
wilhelminienne et progressive la Reichsbahn les chs de fer d'A.L. (Alsace-
Lorraine, comme s'il y avait un rapport quelconque entre ces 2 régions
autre que d'être trimbalées de traité inutile en traité excessif)
la Reichsbahn faisait néanmoins et justement dans son libéralisme
occasionnel, ces années-là, former des trains spéciaux pour
permettre à Papa Glintz, mon autre Grand Dab,
d'aller à Belfort crier
Vive la France vive l'armée tant que vous voudrez mon chénéral
ensuite du restaurant fin aller prendre fine et cigare au
bobinard des hauts fonctionnaires préfectoraux et des
officiers supérieurs et de cavalerie les jours où leurs belles amies
ne sont pas accessibles à la charge de Reichshoffen — mauvais départ,
bataille gagnée sans élégance aucune par les bouchers et charcutiers bavarois

tous catholiques comme des nains sortis de chaumières celtiques —
nous autres en Alsace on est celtique il n'y a pas à dire on est
celtico-germano-romano — (et donc aussi égypto-syriaco-illyrio-ibério-
dalmato-partho-soudano-palestinien) — français comme Minuit chrétiens et
au-dessous d'un certain niveau de bourgeoisie catholiques comme un seul homme —
sur quoi Papa Glintz retournait à Colmar, ville ancienne, petite, honnête,
d'avant les grandes folies (dont hélas Heine Henri rêva et dont nous
sommes sans le vouloir sans le savoir comme le dormeur ne sachant de quel
côté se tourner dont nous sommes à la fois amoureux et amèrement blessés)
Colmar, dont le père Schweitzer lui-même, Albert, membre de
l'Académie des Inscriptions et Belles-Lettres, sur sa candidature expresse,
Docteur en Phil en Mus en Méd en Théol d'Universités diverses ; à Colmar
il n'y a pas d'Université mais une napoléonique (Nap. III) préfecture,
Colmar que même Schweitzer Albert a depuis l'enfance continué de considérer
comme une manière de premier et fondamental chef-lieu — et quand Maman
la première fois vint à Londres et que dans la vieille Ford je l'ai fait
passer devant Buck. Pal. auprès de Victoria Station : « Oh tu vois Éric,
dit-elle à mon père comme toujours économe d'émotions et de mots,
« Oh regarde Éric c'est un peu dans le genre de la préfecture à Colmar ! »
— Oncle Jean, auquel Maman reprocha sauvagement de m'avoir
l'espace d'entre ma 16e et 26e année, rien qu'en me parlant
de la nébuleuse d'Andromède éloigné de Dieu et de la foi protestante et
réformée qui convient à partir d'une certaine ancienneté de bourgeoisie,

oncle Jean
jadis convoqué éperonné à se présenter pour présenter
ses respects et devoirs à Son Altesse Sérénissime le
Grand-Duc de Hesse Darmstadt — celui dont l'autre grand-père fut
brièvement précepteur et sa mère était Alice fille de Victoria et sa
sœur avec Nicolas II son triste époux fut charcutée dans une cave
il est vrai à balles seulement et non pas comme Marie-Antoinette,
oncle Jean en se présentant emportait une édition de poche de
Heine, *politische Schriften.* Dans les maisons basses du matin au soir
sur le métier mal éclairé, poussiéreux, avançant à coups chaque jour de
chaussons de lisière et de savates comme des gens en prison
les tisserands, dit Maman, ce sont des socialistes, ce sont des gens
qui veulent prendre l'argent des autres, tout l'argent jusqu'à un
certain niveau de bourgeoisie même plus bas que le catholicisme,
l'armée parce qu'ils sont socialistes ceux qui sont pour la France et
l'armée c'est à partir d'un certain niveau de bourgeoisie, à peu près
le niveau qui coïncide avec la limite supérieure du catholicisme.
Grand-Papa Glintz était un bon Papa, je dois dire, un BON PAPA,
très bon, il aimait rire, il était petit, les ongles toujours
très soignés et bien qu'ayant commencé comme boulanger et même pas
à son compte, changeait de chemise 2 fois par jour, dans l'armoire les
piles de chemises à plastron infaillible un jour emmenant au magasin
ses 4 filles Louise Jeanne Fanny Lucie à chacune il acheta une ombrelle

4 ombrelles un déjeuner de soleil inutile et donc
luxurieux et pour tout dire blasphématoire selon grand-mère
née Haeffele — très bonne Grand-mère mais — comme dit Maman, « un autre genre » ;
née anabaptiste d'un père frère morave ou mennonite.
Oncle Jean n'a pas
gagné sa guerre gagné sa vie gagné son amour gagné la
gloire de Heine Henri, lui qui tout jeune
écrivait, composait, un vrai
petit prodige. Oncle
Jean n'a pas
duré. Finis
Poloniae finis
Johannis
finis.

1954-5

[CINQ ÉTAPES D'UN POÈME]

I

FEMMES DE LA PLAINE

les religieuses à grosses joues
rouges, à gros mollets, à gros
derrière le dimanche descendent chez
l'oncle vigneron manger la tarte aux prunes.
Il fait bleu depuis le sommet des monts
jusqu'au bas des coteaux. Mais tout cela c'est
la montagne dont parfois nous autres
gens de la plaine nous voyons au loin
une fenêtre heureuse briller dans un instant de soleil.
La plaine c'est autre chose. Entre les joncs,
parmi les roseaux glissent à long fil d'argent
et noires glissent les eaux dormantes
les eaux profondes où parfois une servante

se noie pour n'avoir pas épousé le
fils du meunier du maire ou du maréchal,
glissent les eaux dormantes sous
la chaleur de juillet équatorial
et la cigogne sur ses ailes étales
c'est en vain qu'elle survole
une demi-lieue de champs, tout est sec.
Les grenouilles d'herbe se sont blotties
sous les feuilles. Mais les eaux
glissent profondes pourtant habitées
de carpes, de brochets, de
fantômes, de songes.
Toi qui debout sur la berge regardes
et sans armes vois passer sans
bruit, vois planer la buse, et le
lapereau, toi qui regardes l'eau noire
qu'espères-tu donc ?

Odile, priez pour nous, femmes de la plaine
et plus particulièrement pour nous qui fûmes
filles de quelque lignage, apportant en dot
vignes, chasses, bons alignements

de houblon, de betteraves, de tabac,
bons comptoirs — bons tiroirs-caisses
de bonnes boucheries pâtisseries bijouteries
et maintes sommes pharmaciennes
perceptrices femmes du juge cantonal
et du docteur qui chaque jour en
2 tournées fait ses 100 kms pharmaciennes
notairesses femme de filateur et de
minotier et d'exportateur de vins.
Odile songez à nos longues journées
sur l'horizon de la plaine haut
et visible au loin pour l'enfant à vélo
revenant du collège, le sapin
qui par les soirs d'hiver gémit à
voix humaine. Une fois par mois
la couturière vient en journée dans la
grande chambre fourre-tout et l'enfant un soir
avait un début de fièvre et la nuit
se réveilla en gémissant. Hélas, nous le
sauvâmes, hélas nous le sauvâmes pour
les camps sibériens les crochets à porcs
des charcutiers bavarois les balles
de la jungle viet ou la montagne kabyle.

le dimanche nous sortions
nous promener au-delà de la gare
en robes claires et souliers blanchis à
la craie, on rencontrait
la pharmacienne.
Pendant la fête des
rameaux la fête des
tentes les gosses, envoyés chez le
boulanger juif rapportaient par piles
de grandes plaques de pain azyme.
Hélas jour sans levain. Où est
passée notre jeunesse et l'album où
l'on recopiait des poésies de
Lamartine (Alphonse de) au
si beau nom si français si
distingué
jours sans levain. Et tout au profond
des eaux dormantes grandit à toute
petite vie la tumeur qui dans 20 ans
tuera.

II

MORT DE LA FEMME DU PHARMACIEN

(Extraits)

Par temps clair
après la pluie, de la
lucarne du grenier, on voyait
les villages de la montagne, les villages dans les
vignes, les villages heureux. Et dans notre plaine, par-delà
les houblons, les blés, les champs de tabac ou maïs
les peupliers en file sur la route du Sud.

Odile, priez pour nous !
L'hiver est long. Pour que les enfants
allant à l'école puissent quitter leurs sabots,
puissent, leurs sabots à la main, courir en chaussons sur
cent mètres de terre séchée au soleil, il faut
attendre le retour des cigognes.

Odile, protégez-nous.
L'année est longue. En été, parfois,
encore jeunes, nous allions par les soirs clairs
marcher sur la route jusqu'au point où derrière les houblons
disparaît même le clocher. Sous les pommiers,
les lapins aux longues oreilles étaient
assis par couples.

Odile, donnez-nous courage !
Il a fallu attendre d'être vieux pour
une fois l'an aller faire une cure à Aix et
chaque matin, assis devant le kiosque, écouter le violoniste.
Il jouait comme dans les films. Odile, donnez-nous
courage, donnez-nous espérance.

Eaux calmes et profondes
lentement à la dérive à travers les
prés humides et gras, vers le jeune Rhin, eaux
où dérive sans bruit la barque plate et noire du pêcheur.
J'ai écouté le silence des eaux au soir, tandis
que s'élevait bientôt le coassement des grenouilles.

Barque plate et noire comme les
heures de l'attente. Les enfants grandissent et
cesse le temps où l'enfant premier-né croit que sa
mère est une déesse qui sait tout. Les enfants grandissent,
partent au lycée, à la guerre, partent dans les
villes, partent à la guerre que ne comprennent pas les femmes.
Et reviennent, bruyants, distraits. Les enfants
grandissent, qui étaient doux et blonds et sans défense
contre mon corsage, sinon la défense déjà
de ce je ne sais quel secret qu'apporte avec elle en naissant
semble-t-il qu'apporte chaque âme.

Odile, priez pour nous !

Faite de tant de longues années vides,
Odile, que la vie est courte et de peu de soleil !
Odile, que les nuits sont longues !
Odile, que la guerre est longue et la vieillesse
parmi les lettres rares des enfants trop vite grandis.

Odile, fille de puissant seigneur, naquit aveugle.
Elle fut peu aimée.
Mais qu'est la clôture du cloître
pour celle qui est clôturée tout à l'intérieur d'elle-même,
qu'est le silence et le froid sinon protection, espace,
nuit où le cœur essaie ses ailes ? Odile, dans le flanc de la
pierre rose et friable, ayant fait jaillir une source fraîche
y lava ses yeux et vit.

Odile, qui fûtes aveugle et peu aimée,
priez pour nous aussi, femmes, encore jeunes,
dans les villages de la plaine. La journée est longue,
l'hiver est long, l'année est longue et tant d'années
longues et vides font une vie si courte !

Odile, guidez-nous.
Dans ces soudains repères,
Odile, donnez-nous la main et dessillez nos yeux.
Odile, priez pour les villages de la plaine.

III

MORT DE LA FEMME DU PERCEPTEUR

Le docteur a prescrit un tonique pour le cœur
pour faire durer l'agonisante jusqu'à l'arrivée d'une fille distraite
d'un fils longtemps aimé de loin.

Le vent d'Italie qui descend des glaciers
à peine tiédi vient tourmenter les branches du grand sapin
qui gémissait déjà les soirs où venait la couturière.

Il fut un temps où elle riait aux fenêtres
d'une pension aux rives du Léman vouée à former des
filles de famille copiant dans un cahier des poésies
de Coppée et Sully Prudhomme le vase brisé.

Jonas sa mère étant pauvrette et ancienne
ses os déjà rongés allant aux eaux soigner en vain
la sciatique qui cache un cancer

Jonas descend le plateau vers le Rhin nocturne
et troue de phares les bourgades préservées.

C'est ici le lieu qu'il faut choisir. Il est tard.

Schambadiss, gridawiss
himmelbläu, katzegräu.

Le vent par-dessus les glaciers accouru du désert
vient à peine fraîchi tourmenter les branches du grand sapin
Comment dormir quand tout est en travail et en
peine de se perpétuer ?

Sur les eaux lentes et lisses, les barques noires, les barques plates
demain à lente gaffe poussées vers les foins sur la berge
sont pareilles à l'âme indéfiniment amarrées

L'année est lente avant de ramener
la fille distraite, le fils longtemps aimé de loin
les enfants qui riaient parmi ses bras
écrivent rarement à la femme du percepteur.

Odile, aidez-nous à ne pas accepter
les longues nuits auprès de l'époux qui ronfle
et sous son bonnet de coton accumule
les intérêts des intérêts de ses longues prudences.

Odile, qui parfois semblez nous faire signe
quand après l'orage les villages sur la montagne
brillent au-dessus des vignes
à brefs éclairs de lointaines fenêtres heureuses,
Odile qui après la longue nuit avez trouvé
la source qui fait voir, Odile, ne me laissez pas oublier
la jeunesse l'album où l'on copiait des poésies,
la broderie d'une lente aiguille encore pleine d'attente
et mon sang frais se mêlait au fil rouge
sur le drap écru parmi les coiffes et les
cigognes au bec incongru.

Viendra-t-il avec le vent plus rapide, de Milan, de Venise
de Tunis, l'enfant longtemps souhaité.
Parfois il a oublié le télégramme pour ma fête
le baisers lettre suit qui ne venait jamais.
Quel héritage ai-je bien pu transmettre sans le perdre.

La beauté est de peu de prix, sinon
pour attirer plus vite le geôlier. Ô captive
parmi les saisons le tonneau de choux
frais coupés sur la râpe aux premiers givres d'octobre
quand l'hirondelle soudain partie on se réveille
dans le premier silence de l'arrière-saison.

Les barques plates et noires sont amarrées
gondoles qui ne serviront jamais à des fêtes.

Odile aidez le cœur quand il feuillette
dans l'album de photo les jaunes reflets
de printemps passés les sourires pour le principe.

Odile la plaine est sans merci. La nuit
se plaignent les grenouilles en peine de perpétuité.
La cigogne va glisser dans d'autres cheminées son long bec inconvenant
Le pommier a versé sur l'herbe ses dernières pommes
avant l'orage qui le brisera.

Parfois on partait en excursions dans les montagnes
montant depuis la gare de la vallée le sentier
qui souffle une haleine fraîche parmi les arbres.

Odile, les barques ne sont jamais parties
et l'on s'est fatigué d'attendre
l'héritage venu trop tard pour changer les vies gâchées.

L'horloge marche à gros sabots, la pendule
ancienne à gros sabots mesure la nuit qui
lentement dérive à peine comme une barque
obstinément amarrée contre la traction de l'eau noire.

Qu'il est dur de rompre l'amarre ! Qu'il est long
le temps pour la traction de l'eau d'arracher
la chaîne rouillée au bord des herbages brûlés.

Le tulle et la cretonne et le tussor
furent sous l'aiguille de la couturière en journée
des voiles dérisoires pour un départ toujours futur
tandis que gémissait le grand sapin dans le
soir de novembre où l'enfant fiévreux se plaint en rêve
de toutes les séparations vers lesquelles il grandit.

Odile, aidez-nous quand la jeunesse
à ne pas se perdre s'est gaspillée quand la nuit

comme jadis en travail craque vers un
matin vide parmi le silence soudain qui
suit le départ des hirondelles.

Doux nid si rond couleur de terre fait de
terre et de salive pendu sous l'aisselle du vieux toit
nid vide pour les sarcasmes des moineaux.

Ils n'ont pas su nous dire comment partir
mais seulement comment faire ces
longs ouvrages de notre captivité.

Il fallait bien pourtant garder le feu le toit
le grain la cave le grenier le buffet
Henri II le bahut breton le linoléum
garder la huche et l'armoire aux confitures
garder le lit pour lequel on broda
12 fois 12 initiales à fil de soie vermeille.

Il fallait bien pourtant attendre
la justification qui maintenant ne viendra plus
que maintenant on ne verra plus. Ô enfant oublieux!

Le cœur à gros sabots arpente les prairies nocturnes
les mains ne peuvent plus retenir que cette seule main
longtemps désirée si longtemps lointaine le cœur
à gros sabots piétine sur la berge de l'eau lisse et
noire et lente qu'il faudra traverser bientôt.

Qui jamais est revenu de ces villages inimaginables ?
Tous ceux qui devant nous ont traversé
quand ont-ils réussi à se faire entendre
parmi le long gémissement des arbres tourmentés de vent

Pourtant, toute rivière a deux bords toute rivière
coule entre deux prairies. Je sais je crois
que mon Sauveur est vivant. Au bord du caveau vide
les soldats dorment comme des corps putréfiés déjà.
Ce long effort cette longue patience
quel jour ont-ils suivi que je ne verrai plus ?
quel fruit tardif quelle moisson longtemps ajournée
quelle vendange de raisins longtemps demeurés acides ?

Quel jardinier bizarre est le maître qui
fait attendre à celui qui plante un arbre qu'il soit mort
avant de laisser mûrir le fruit.

9.10.56

IV

Le vent par-dessus les glaciers accouru du désert
vient à peine fraîchi tourmenter les branches du grand sapin.
Quand tout est en travail comment dormir, comment aussi
mourir ?

Sur les eaux lentes et lisses, les barques noires, les barques plates
demain à lente gaffe poussées vers les foins sur la berge
sont, pareilles à l'âme, indéfiniment amarrées.

L'année est longue avant de ramener
la fille distraite, le fils longtemps aimé de loin.
Les enfants qui riaient parmi ses bras et sur ses seins
écrivent rarement à la femme du percepteur.

Odile, qui parfois semblez nous faire signe
quand après l'orage les villages de la montagne
brillent au-dessus des vignes

à brefs éclairs de lointaines fenêtres heureuses,
Odile, aidez-nous à ne pas regretter, à ne pas oublier notre jeunesse.

La beauté est de peu de prix, sinon
comme un dernier appel qui ne sera pas entendu. Ô captive
parmi les saisons, le tonneau de choux
frais coupés dans la cave aux premiers givres d'octobre,
quand l'hirondelle soudain partie, on se réveille
dans le premier silence de l'arrière-saison.

Odile, la plaine est sans merci. La nuit
se plaignent les grenouilles en peine de se perpétuer.
La cigogne dans d'autres cheminées va plonger son long bec lubrique.

La pendule ancienne à gros sabots, le cœur à pas lourds
mesure la nuit qui lentement dérive à peine, comme une barque
obstinément amarrée contre la traction de l'eau noire.

Qu'il est dur de rompre l'amarre ! Qu'il est long
le temps pour la traction de l'eau d'arracher
la chaîne depuis longtemps rouillée qui retient à la berge !

Le tulle et la cretonne et le tussor
le crêpe georgette et les cotonnades imprimées avec discrétion
firent sous l'aiguille de la couturière venue en journée
des voiles dérisoires pour un départ toujours futur,
tandis que gémissait le grand sapin dans le
soir de novembre où l'enfant fiévreux se plaint en vain
de toutes les séparations vers lesquelles il grandit.

Odile, aidez-nous quand la jeunesse
à ne pas se perdre s'est gaspillée, quand la nuit
comme jadis en travail craque et geint vers un matin vide
parmi le silence qui suit le départ des hirondelles.
Doux nid, si rond, couleur de terre, fait de
terre et de salive, de boue et de satin, pendu sous l'aisselle du toit,
nid vide désormais pour les sarcasmes des moineaux.

Le cœur à gros sabots arpente les prairies nocturnes
piétine sur la berge de l'eau lisse et noire et lente
qu'il faut traverser bientôt.

Pourtant, toute rivière a deux bords, toute rivière
coule entre deux prairies. Au bord du caveau vide

les soldats dorment comme des corps putréfiés
tandis que se déroule dans une lumière jaune
la chrysalide surnaturelle, la chrysalide parvenue
à l'éclosion de sa nature dernière et première.

Ô terre partout riche et pourtant légère, labourée à deux bœufs,
ô fruits épars sur l'automne des routes, ô filles raisonnables
dont le ventre se rendort si vite après les délires du solstice !
Odile, ô fille aveugle qui lava ses yeux à la source
et vit la blondeur nouvelle et le bleu marial
dans l'altitude où passe à grands battements d'aile peu pressée,
la lubrique et perpétuelle cigogne.

Cigogne, tel un phénix, sur son nid d'épines,
très rond, en forme de couronne amère.

V

DERNIÈRE NUIT DE LA PHARMACIENNE

Le vent par-dessus les glaciers accouru du désert
vient à peine fraîchi tourmenter les branches du grand sapin.
Quand tout est en travail, comment dormir, comment aussi
mourir ?

Sur les eaux lentes et lisses, les barques plates,
les barques noires sont, pareilles
à l'âme, presque indéfiniment amarrées.

L'année est longue avant de ramener
la fille distraite, le fils longtemps aimé de loin.
Les enfants qui riaient dans ses bras et sur ses seins
écrivent rarement à la femme du pharmacien,
même pour des remèdes.

La beauté est de peu de prix, sinon
comme un dernier appel qui ne sera plus entendu. Ô captive

parmi les saisons, le tonneau de choux frais
coupés dans la cave aux premiers givres d'octobre,
quand l'hirondelle soudain partie, on se réveille
dans le premier silence de l'arrière-saison.

Odile, la plaine est sans merci. La nuit
se plaignent les grenouilles en peine de se perpétuer.
La cigogne dans d'autres cheminées plonge son long bec lubrique.

Les pendules à gros sabots, le cœur à pas lourds
mesurent la nuit qui dérive à peine. Qu'il est dur
de rompre l'amarre ! Qu'il est long
le temps pour la traction de l'eau d'arracher
la chaîne qui depuis tant de temps retient à la berge !

Le cœur à gros sabots arpente les prairies nocturnes,
piétine sur la berge de l'eau
que très bientôt il faudra traverser.

DÉPASSÉ. PROVISOIREMENT

Sombre. Mais l'espace plus vaste.
Moins de gens. Le sentier dans l'obscurité
mène-t-il vers une solitude plus vraie ?
Peut-être est-ce à cet âge, en ce lieu, ici
que se partagent les routes.

Sombres heures, journées, semaines. Ainsi
dans la plaine de ton enfance, les eaux très lisses,
très silencieuses. Et noires. Le cœur
s'est lassé de courir. À pas plus lents,
à pas presque égaux, ce cœur
nous entraîne sans bruit vers l'ampleur de la nuit.

Il ne désire plus. Ne gambade plus. Ne se cabre plus.
Mais à voix basse, dans la brise obscure, il chante encore.
Lente chanson linéaire, horizontale,
sans grincements, sans grimaces, sans cris.

Il est temps de dormir. Faut-il présentement
attendre le retour d'une aube plus mûre
pour un travail plus régulier ?
Ou faut-il déjà, faut-il vraiment, faut-il
descendre vers les rives de la grande eau souterraine ?

1.2.57

Faut-il toujours attendre ?

Cancer — est-ce prévoir ?
Attendre ? remettre le jour de se rompre et se défaire.
Cancer, fausse adolescence, construction de mort
quand il faudrait laisser le vent jeter à bas
les dernières tuiles sur la poutre vermoulue.

Le jour où l'orage le frappe
        le vent de l'orage le guérit.
Le feu qui lui mordit le foie et les reins
        le guérit. Il faut mourir guéri.

Je serai nettoyé si
j'éclate au vent comme citrouille vieille.
Peut-être, pour un nouveau travail, ne reprend-on
que des objets bien nettoyés ?

PÂQUES 1957

1

Commence, recommence n'importe où !
Il importe désormais
seulement que tu fasses chaque jour
un quelconque travail, un travail
fait seulement avec attention, avec
honnêteté. Il importe seulement
que tu apportes à bâtir indéfiniment la réalité
(jamais finie) ta très très petite part quotidienne...
À travers la lunette ou par l'œil encore unique
tu vois lentement, en détail très mal,
au total assez bien. Assez pour t'orienter.
Assez pour savoir marcher, le chemin qui peu à peu
se découvre. Assez pour tant bien que mal
faire ta part. D'ailleurs, en fait,
importe-t-il, le détail du travail,

le détail des formes du pied dans le sable,
ou bien le but où tu finis, tard, assez las,
où tu finis peut-être, parfois, par arriver ?
Mais il n'y a pas de but non plus.
Le but recule toujours vers les sables non
atteints.

2

Pâques est le contraire de Noël.
La place se vide, l'être disparaît.
C'est la fin de la vie visible et charnelle,
des repas, des heures de sommeil. C'est la fin
de l'action à la fois visible et douteuse, mesurable, mesurée,
tenue secrète, discrète.
        Seules deux, trois femmes rencontrent
le Présent. Elles ne se posent pas de questions, elles veulent
savoir ce qui est ou n'est pas. Puis quelques disciples, par groupes
y compris Thomas. Auquel il faut venir montrer.
Il y a ainsi des caractères, des esprit divers.
        En même temps, fleurs, arbres, vie qui déborde

les champs, animaux réveillés, activés à se joindre,
à nourrir, à tuer. Début de triomphe du visible, du
matériel, qui ne commencera à fondre, à disparaître
qu'au début de l'hiver. Splendeur des fourrures.
Splendeur des yeux, des pattes. Ignorance totale.
Ignorance du monde plus durable, plus long.
Est-ce le stade le plus gros, le plus lourd
de l'abêtissement visible pour l'âme, là où elle
ne peut, même plus se souvenir, en tout cas plus dire…

3

Plus de somnifères. Plus d'apparences.
Plus de symboles, à vrai dire, ni pierres, ni plantes.
Ni maisons. Ni arbres.
Venez sur mes sentiers déserts, avancez-vous
vers mes espaces déserts. Je serai désormais
la voix du silence, l'ombre à votre gauche les jours
de grande lumière, le son des pas sur les cailloux,
le temps qui passe et passe si lentement, si vite,

je suis votre silence et ce qui est autour, je suis
votre silence dans ce qu'il a rarement de plus profond.
Dites-moi bonsoir, dites-moi bonjour, bonjour surtout,
bonjour longtemps à l'orée des journées à travailler
dites-moi bonjour pour m'appeler moi maintenant,
moi à mon tour, toi à ton tour, nous à notre tour
pour nous appeler
à la *création.*

Lundi, Pâques

4

Écoute. Suis-moi. L'homme à la chapelle,
pardon, à l'église, anglicane, officielle, et tout,
expliquant, commentant, sans regarder personne
quelque parole fort brève de l'Épître aux Hébreux,
insiste sur cet enseignement central du Christ,
nous prédicant comme le plus grand de tous les pionniers.
Suis-moi. Viens à ma suite. Marche à ma suite.

Est-ce goût de la discipline ? de la modestie ?
est-ce intelligence et cœur véritables ?

Je ne sais pas. Je ne sais même pas
ce qui m'est dû, ce que je prends à injuste titre ?
Je ne sais pas où je devrais m'arrêter.
Et téléphoner à ma conseillère ne me sert en vérité
à rien. À me rassurer vaguement, on peut dire tout au plus
quelques instants tout au plus. Ces oiseaux en fuite
emportent-ils un rayon, un bout, un minime
morceau de mon cœur ? Ou rien ? leur ombre ?
L'ombre de leur crainte et de leur légèreté ?
J'aurais ainsi beaucoup de questions à te poser.

5

Bec jaune, bec courbe, bec de lapin ou de
cygne. Ne m'apportent rien. Ne m'apprennent rien.
Il faut attendre. Dans le silence et le noir.

Dans l'ombre malsaine de la nuit tourmentée.
Dans le désordre. Il faut attendre sans même
un espoir précis. Il faut attendre jusqu'à ce que
le résultat attendu se soit réalisé.
C'est-à-dire attendre les moments, les chances,
les je ne sais quoi rarement réussis.
Adieu Floriane ! Je ne sais plus qui tu es,
à quoi, à qui tu ressembles. C'est trop loin.
C'est trop grêle, trop enfantin, trop inimportant,
trop libre de tout, simple caprice du cœur
ou est-ce de l'œil ? Les autres maintenant
voyagent, essayent bientôt de dormir. D'autres
se sont couchés et dorment profond. D'autres
lisent en un moment d'insomnie un dernier
chapitre. Dans d'autres longitudes, d'autres
célèbrent la dernière heure du jour ou la
première du matin. Le mistral ne règle rien.
Il faudra du temps pour faire une seule
observation simple et vraie.

Lundi/mardi de Pâques, 01.20

6

Saurais-je encore comment remplir le jour ?
Ou simplement comment attendre ?
Ne rien remplir ? N'y plus même penser ;
ne pas penser à distinguer entre
urnes pleines, urnes vides, mais seulement
entre celui qui dort, celui qui vraiment veille.

02.30

7

Qu'est-ce que c'est, quelle partie, quel non pas corps
mais quelle partie relative minime du corps, qu'est-ce que c'est
qui ne veut pas dormir ?

04.15

8

Attendre le matin, pourquoi ? Finira-t-il d'attendre ?
Permettra-t-il enfin d'aller dormir commodément ?
d'aller dormir profondément ? Comme si l'on était
un être sain, établi dans sa santé aux heures usuelles.
Attendre le matin, qu'il vienne enfin poindre sur les
collines indifférentes, et répandre une lumière neuve
et toute fraîche sur les rues au reste indifférentes
parmi les spectateurs qui dorment.
Quand saurais-je revenir parmi les habitudes connues ?

Mercredi 23, 01.45

9

Qui a besoin de toi ? personne.
Y en aura sans doute qui ne détestent pas

prendre un verre, raconter une histoire, faire un tour,
causer, et qui en un sens, pour un moment,
si tu étais mort, regretteraient ta disparition.
Mais le fait qu'en fin de compte, pour toi, sur cette terre,
pas pour eux, tu sois disparu, ça ne changerait rien
à leur humeur, leur appétit, leur désir de bouger
et pourquoi cela changerait-il quoi que ce soit ?
Voici donc les limites à connaître clairement.
À l'intérieur de cette limite, il est quelque espace.
Rien de fou, mais assez pour l'homme vraiment
libre, vraiment raisonnable (en supposant que ce mot
ait un sens quelconque). Il s'agit, après tout
uniquement
de préparer le terrain généralement ingrat
sur lequel on va jeter le grain au demeurant médiocre
ou mieux encore : incertain, de ta difficile croissance.
Eux aussi, ils aiment dormir, ne rien faire de spécial,
croire un peu, lire beaucoup, se promener
et ne pas chaque jour être forcé à des choix inutiles
et inutilement spectaculaires. On ne veut pas que des choses
arrivent ; on veut qu'elles *soient* et ne changent que
lentement, très lentement, comme un tissu réel
sur un corps réel. Ceci dit, bien sûr

je remercie l'ange gardien et crois le reconnaître
pour autant que possible sans l'avoir encore *vu.*
Sans l'avoir même senti ou entendu ou même
réellement deviné. Mais je crois qu'il existe.
Comme le facteur après tout jamais vu
depuis six mois dans ce nouvel appartement.
Comme le temps va vite, avec ses dégâts
au moins aussi vite qu'avec ses plaisirs.
La petite à cette heure dort. Profonde, régulière
haleine. Profonde ? Peut-être, oui, et en tout cas
régulière. Un arbre peut-être croit sentir
des flairements d'insectes ou des animaux
se frottant le derrière contre ses épines,
ou des mouches cherchant le vol indéfini.
Cette écriture est devenue difficile, minuscule,
pas spécialement claire, et peut-être destinée
à retomber peut-être à un niveau confus,
peu propre. Il faut reprendre
en apprenant par des leçons élémentaires
concernant toute la longueur du corps.
Plus de force pour protéger dans le titre et les
andouillettes le tirage de ton film ou qu'est-ce
et surtout ces dessins-couverture, avec tant

de dessins parfois déformés ou transformés en 2
par les couvertures à la « créateur ».
Seigneur, permettez-moi
de garder patience, de ne pas demander trop,
de savoir attendre le non-prévisible,
le non-prévu, sorti brièvement de quelque
naufrage ou catastrophe, si l'on y échappe.

Samedi 01.30

10

rien à dire — tout à attendre
rien à assurer — tout à faire
rien à réclamer — tout à obtenir
d'ailleurs ce qu'est la poésie,
qui le sait, le sait vraiment ?
personne ne l' sait — personne ne l' fait
à coups sûrs, à coups sûrs dans la soupe,
dans la salade, dans le dessert.
Va te coucher et essaie dans ton sommeil
d'être.

2-5-57, 01.15

11

Voici refermée la porte qui menait
    aux eaux sombres et souterraines.
Certes, il y a encore du dégât. Un œil fermé,
    Une ample cicatrice du crâne.
L'insomnie de la première partie de la nuit.
    Les dents piteuses. La mémoire
encore médiocre. Mais tout ceci vivant.
    Que fera-t-on désormais ?
Un travail sédentaire, un peu solitaire.
    Un séjour principal à la campagne.
Que fera-t-on ? Ce qui demandera à être fait.
    Ce qui se présentera. Ce qui
Insistera. Que fera-t-on ? On vivra.
  Longtemps. Patiemment. Sans protestations.
On vivra parce qu'il faut vivre, parce qu'il faut
  faire ce que l'on est né pour faire.
On ne cherchera plus à fuir. Il n'y a pas
  de fuite possible, véritable. Il n'y a
que la possibilité de faire ce qu'on est né pour faire.

3.5.57, 0100 heures.

12

Le désordre est tenace
le désordre toujours, dès que l'on cesse de vouloir
se rétablit de lui-même avec grande facilité.
Le désordre est-il la préparation de la mort
ou les biens au hasard de la vie,
non tonalisée, non ponctuée, non prévisible ?

Adieu sommeil, adieu vigueur !
l'esprit sans se lasser, sans se contenter
cherche sur les parois du cerveau éprouvé.
Le corps dort à demi, est gêné, fatigué,
ne réussit pas à s'opposer.
C'est agaçant, l'esprit n'apporte rien,
ne trouve rien, simplement cherche,
peut-être simplement bouge, mollement,
de quelques petits degrés de gauche à droite,
de droite à gauche, sans s'arrêter, sans se
contenter, sans se pacifier.
Cette morne veillée durera-t-elle longtemps ?

Les Ponts de Budapest

et autres poèmes

Qu'est-ce que ça peut bien faire que le 11 novembre soit dédié aux morts du premier grand assassinat en série plutôt qu'à ceux du second ?

C'est un jour où l'on pense à des camarades, à des amis morts, on peut bien penser chacun à ses amis.

Celui qui avait des taches de rousseur sur le nez, celui qui avait une fossette au menton et une tache noisette dans ses yeux verts, celui qui, au camp d'entraînement, avant de monter dans l'avion pour sauter en parachute, chaque fois, sifflait le petit air qui au cinéma annonce qu'on va voir Laurel et Hardy. Le timide aussi, et les maladroits, et ce grand garçon qui avait toujours soif et toujours sommeil. Pourquoi même limiter notre pensée amicale à ceux qui furent assassinés pendant la durée officielle et légale où la chasse à l'homme était encouragée par les pouvoirs publics ?

J'étais avec John le jour où, après un bombardement, ce mécano de Paris me dit : « Dis donc, une supposition, qu'un type soit tué par une bombe dans les cabinets, c'est-y qu'il meurt au champ d'honneur ? »

John est mort en pleine paix des suites d'on ne sait pas bien quelle maladie de captivité. Maurice, ancien volontaire aux Forces Françaises, que rien n'obligeait d'aller à la guerre, qui y est allé, comme pour faire un geste d'amitié envers d'autres hommes, et qui, un soir, cinq ans après la guerre, s'est senti plus fatigué que les autres soirs. Peut-être si on avait dit ce soir-là : « Tiens, on va aller voir Maurice, histoire de rigoler un peu ! », peut-être qu'on serait sorti ensemble, on aurait rigolé, il serait rentré se coucher sans ouvrir le gaz. Je ne sais pas.

Peut-être parfois John, Maurice, Bernard, Jeannot, Madeleine, Henri… peut-être regardent-ils par-dessus notre épaule ? Peut-être m'aident-ils à manquer le mauvais avion ?

Ombre qui regarde par-dessus mon épaule, que puis-je faire pour toi ? Si cela pouvait te faire plaisir, Ombre, veux-tu que j'essaye de vivre un peu pour toi ?

Si nous essayions, nous ici, à notre place, avec nos yeux bornés mais vivants, avec nos mains pas bien intelligentes mais faites de chair vivante, si nous essayions de voir avec toi ces visages et ces paysages, de toucher, pour toi, ces fruits, ces cheveux, ces choses, de faire, pour toi, ces gestes d'amitié envers les autres hommes, serais-tu contente, Ombre ?

Toi qui peut-être regardes et travailles avec nous, dans le prodigieux spectacle, dans la prodigieuse expérience de l'artiste, invisible, immortel et presque anonyme auquel, parfois — tu te souviens, quand nous étions debout, dans quelque église de village, la veille d'une bataille, vêtus de cuir, de feutre, de fer et de peau mortelle —, nous entendions ces voix d'enfants essayer d'offrir quelque nom qui pût lui convenir : « Maître, Seigneur des Armées, Éternel… »

PREMIÈRE ESQUISSE

(au hasard, sans penser à en faire un poème)

Le père B., ce dimanche, après le long culte de l'après-midi, est allé avant dîner faire un tour hors de la ville. Il a plu. Le vent de la nuit précédente a malmené les tilleuls du rempart, les peupliers de la grand'route, et partout déjà des feuilles dorées sont tombées parmi l'herbe et sur les eaux. Les prunes encore bleuissent dans les jardins ; la pomme et la noix ne sont pas encore mûres, mais le gain et le regain aussi de cet été chaleureux sont rentrés. Malgré la lumière dorée du soir sur la campagne plantureuse, et la clarté point encore trop tôt éteinte, c'est bien l'automne. Bientôt, à cette heure, la brume montera des prés.

Qui pourrait changer la marche de la grande horloge naturelle ? Il n'y a eu qu'une fois un caprice de Dieu par le bras de Josué. Il n'y a eu que Christ qui à la neuvième heure ait fait descendre les ténèbres. Il n'y ait que lui qui ait pu commander à la tempête ; encore n'est-ce pas retarder l'hiver, renverser l'ordre des saisons.

Dieu, qui est tout amour, s'exprime en cycles prévisibles et raisonnables. Il n'y a qu'à accepter, ceci comme le reste, et encore est-ce plus facile d'accepter l'automne que la maladie, l'hiver que la mort, et même est-ce accepter aussi le calendrier familier qui ramène les joies et les fêtes périodiques, jusqu'au temps où, au cœur du froid, du sombre, du désolé, vont s'allumer les chandelles joyeuses de Noël.

Il n'y a qu'à accepter ; et qui dira que cette école de l'agriculteur et du berger, cette instruction des saisons qui par le froid et le chaud, le sec et l'humide atteint tout aussi bien le citadin derrière ses murs précaires. Qui dit que ce n'est pas un premier et perpétuel exercice en préparation d'épreuves réelles et de vraies amertumes.

Bientôt les oiseaux qui passent l'hiver dans les pays du Sud vont partir. Heureuses créatures ailées, qui ne filent et ne tissent point, et Dieu quand même nourrit tous vos enfants. Heureuses messagères de la joie, hirondelles, radieuses cantatrices de la louange et de l'adoration, alouettes !

Pour *Bach en automne*
(automne 1952)

Tombeau personnel
(tombeau caché ?)
le service quotidien des morts du même âge
debout à côté de toi regardant la rivière regardant
ce soir cet arbre cette fille debout montrant ce pic
cet oiseau ce nuage cet avion qui passe debout
gardant l'entrée de ce jardin couchés à côté de toi
étendus avec toi sur ce lit dans cette ombre dans cet
obscur été au long de cette obscure dormeuse absente
absente davantage qu'eux mais eux sont libres
ils sortent ils entrent ils viennent comme ils veulent
ils voient sans yeux ils touchent sans doigts ils
respirent sans effort je sais que vous êtes là
venez si vous voulez je vais marcher je vais grimper
je vais aimer je vais partir si vous voulez venez
je regarderai pour vous cet orange ce vermillon ce
jade je toucherai pour vous ces cheveux je caresserai
ces yeux si vous voulez venez par moi vous réjouir et

attendre et espérer et craindre si vous voulez à travers moi
venez voir que la vie en attendant en espérant en ignorant
que la vie venez voir la vie est bonne la vie en attendant
est belle mais en attendant car déjà je suis de votre côté
debout avec vous couché parmi vous, toujours comme autrefois
de votre compagnie à votre table votre voisin de lit votre
voisin de vie richard maurice bernard jeannot et
vous aussi mon colonel vous rappelez-vous
ce jour vêtu de cuir et de feutre et de peau mortelle
où nous étions debout parmi les enfants passant les
corbeilles pleines de pain rompu cet autre jour
de noir velours tendu creusé sous le poids de vos invisibles
cendres ou vos futures cendres votre
naissance demain le temps est annulé le temps est surmonté
trompette banjo ces cuivres aigres dans la brume du matin
il est entré dans la cabine étroite comme un
cercueil dressé de verre debout à travers la
brume dépolie à travers trois milles de fumée jaune
trois milles de résignations et de petits désirs
trente milles de câble téléphonique d'un seul coup
sa voix plonge dans son oreille sa soif dans la
brume de son attente son inutilité je ne suis rien
sinon ce passage furtif entre vies qui furent et

vies qui seront je ne suis rien peut-être et
ne verrai pas le bord de la terre promise
excusez je passais bien merci je vais vite
je sors de la brume j'y rentre
pourquoi m'appeler par mon nom mon amour tu ne
peux pas me voir même ici dans l'obscurité rouge
entre nous persiste la brume invisible d'une rencontre
qui pour toi et pour moi n'a de sens que d'erreur
et d'illusion seule est vraie la chair qui ne nous
appartient que pour quelque temps et dont l'usage
nous est compté à Dieu sait quel ironique taximètre
en attendant puisque le temps n'est pas venu d'aller
plus loin viens avec moi descends avec moi plus profond
au fond de la rivière viens avec moi le temps si
court qu'il est permis mourir un peu quelle âme de
passage déjà est à l'affût au fond de nos rideaux
quelle âme déjà sait quel jour on fermera nos paupières
quel jour il fera trop froid pour aller fleurir
nos tombes depuis longtemps vides le remorqueur
crie vers la patrie cachée comme le cerf après le
courant des eaux, le remorqueur brame
le remorqueur au fil de l'eau entraîne dans
la brume ce grand lit barque pendant qu'à la poupe

vainement nous regardons un futile sillage le
remorqueur à forts poumons nous tire vers la
haute mer voici déjà l'heure où la
marée reflue l'amour est le dieu des mariniers
l'amour est le dieu des équipages perdus
ô ville couloirs alcôves de l'alcool
je passais ils m'ont prié d'entrer et m'ont
fait une place au coin du feu ô tortueuse
secrète la voiture de police s'est arrêtée à
bâbord pour nous dire ça va bien circulez un peu
près du buisson de houx j'ai su que rien n'était
changé et que nous attendait toujours le moment de
ce jour de brouillard qui nous attendant depuis
avant notre naissance séparée avant les mouettes
à la traîne dans ce sillage vers un pays de
séparation et de solitude ça ne fait rien
qui vous a promis du temps à vous une vie à vous
qui vous a dit davantage que votre place dans la
longue liste des fantômes aimablement distraits
et regardant en arrière et regardant plus loin
il n'y a que l'herbe qui dure et le chêne ciré
et le cristal chaque soir chauffé par les mains
passagères des morts et ce vieux professeur qui

revit les taudis d'Alexandrie et les couloirs où
le poète aima souffrir ô ville où la déesse aux
yeux de chat nous dit de revenir sans se soucier de
notre bien au coin de la rue chaque matin vers les
onze heures et demie phlébas attend le bus pour
aller sur la grève ramasser les quelques galets polis
qu'en provision rejette la mort déjà inscrite dans le
filigrane la princesse à la fenêtre regarde la brume
dans son dos la femme du docteur les questions en
vingt reprises est-ce moi-même dit-elle est-ce demande-t-elle
mon avenir mon chien ma jarretelle mon premier baiser mon
désœuvrement en attendant qu'à travers moi passe et
s'accomplisse le temps toujours qui se défait et revient
comme la marée à la charge ô ville arbres seuls patients
sur la rivière au soir le vol en tournoyant des martinets
des étourneaux le vol tournant des étourneaux qui crient
à marée descendante à marée de perte morte eau
rouge dans la brume le cœur de l'insensé s'arrête aux
arrêts facultatifs comme aux arrêts prescrits le cœur
est un autobus à route tracée à horaire prévu jusqu'au
dernier parcours mais le conducteur peut regarder à gauche
à droite ou devant lui mâchonner des rancunes ou siffloter

se réjouir d'emmener phlébas et la doublure au petit matin
avec l'hôtesse de l'air levée pour ce soir à Dakar retrou-
ver le beau capitaine un peu sombre ô sœur de
Valparaiso la jaune Rome terre de sienne
voici dans le park sous la brume les morts les plus jeunes
se promenant en bande avant chacun d'aller à sa tâche
je l'ai attendue à l'entrée du pont j'ai arrêté la voiture
au coin du gros buisson de houx il commençait à bruiner à
neiger à bourgeonner à brûler que sais-je dans cette brume
des saisons faisant la chaîne de l'attente et de l'absence
les morts les mortes reconnaissent la maison l'arbre la
station de métro où ils se rencontrèrent la salle de cinéma
les mortes savent l'escalier grinçant le lit à refaire
la cuisine à ranger il reviendra demain elle téléphonera
hier elle écrira il y a tant d'années ô ville qui n'a
pas lieu david ayant été roi étant mort dans son grand âge
ayant été enseveli lardé d'aromates qui sait pourquoi
deux mille et cent années plus tard au coin de cette rue
à côté de Monsieur phlébas ex jonathan attend le bus
à temps attend le voyage à tant la section a tant de peine
t'en souviens-tu david engendra osée qui engendra isaïe
qui engendra jéroboam qui en abrégeant engendre le

grand-père qui engendre la mie qui moi david m'engendre
revenu pour faire un bout de son voyage un bout de ce
travail je me souviens d'avoir été vieux et las il fait
froid. David aima Dieu et les délices des enfants des hommes
comme son fils le Sage les délices des enfants des hommes des
femmes en grand nombre texte douteux sens incertain dit la
bible crampon chanoine d'amiens. Dans la brume, à l'autre
bout du téléphone, dans le cercueil dressé de verre dépoli
que dis-je transparent et les passants te voient parler te
voient passer te voient avoir vécu, derrière le cri du
remorqueur mes délices en grand nombre nos peines en grand
nombre mes heures en grand nombre sulamite mon livre d'heures
suzanne bethsabée ruth rachel brumes devant mon Dieu
couloirs vers mon Dieu souterrains forés vers la patrie
de l'autre côté de la brume david chanta comme aux jours de
sa jeunesse mais en sachant que les paroles comme le vol
des étourneaux ne sont qu'un tournoiement qui crie
rapidement crie vers Dieu et se détourne et dérive à
marée descendante et se perd en mer au-delà du dernier
battement mouillé d'un phare au ras de la vague tiède et
noire cette patiente mouette flotte dans l'air facile et
suit loin de toute terre sans crier dans le fil du vent

david comme aux jours de sa jeunesse de sa main
qui tendit l'arc et souleva bethsabée plonge dans
le taillis des cordes qui ne savent dire que leur nom
seule la corde immobile et contrainte et quittée et
reprise chante à sa place en fuyant son nom partiel
à la louange de Dieu à la gloire du Nom seul suffisant
david who was once hansome and tall as you david a
crié o lord thou pluckest me out o lord thou pluckest
burning* david incombustible brûle dans la brume
david se plaindra-t-il de quoi à qui tout est
égalisé au bout de chaque page du livre cela est bon
puisque nous ne comprenons pas cela est juste puisque
nous ne saurions faire le calcul la marée sans faute
remonte et sans faute la marée descend pour revenir
et sous les mouettes la mer est enracinée comme un
arbre à mille feuilles mobiles la mer ne va nulle part
la mer ne rejoint personne la mer nous porte
à nul lieu de nul lieu nous regardions debout le
long de l'écume soulevée et perdue
sans justice ville navire de brève traversée sur
mille vies d'écume quand sa Hauteur envoie un vaisseau

* Voir traduction, note page 242.

à Boulogne d'Égypte à Calais d'Arabie à Dunkerque
des Indes tout est-il prévu une souris blanche
nommée plangloss three blind mice regarde à demi
voilée dans la brume la mouette aux ailes presque
immobiles

C'ÉTAIT DIMANCHE...

C'était dimanche. J'étais venu, sans prévenir,
Sur ce qui semblait l'appel d'une lettre affectueuse et tendre,
par le train de nuit, 3e classe, billet militaire,
de Paris à Strasbourg.
Elle n'est pas là.
Partie en auto, la veille.
Bon.
J'ai lu. Je suis allé déjeuner à son restaurant habituel. Pas vue.
Je suis rentré. J'ai lu. Dans je ne sais plus quel
Écrit ô si éminemment critique, si
Sérieusement viril de M. de M. (qui a toujours eu
L'énorme mérite de citer la plupart de ses sources)
L'ange de silence a fait devant moi lever
Comme la colombe qui vient dire à Noé qu'il est sauvé des eaux
(de l'amertume ; eaux de l'amertume)
La phrase qui pendant ce long voyage m'a tenu lieu
de précepteur, d'ange gardien (quand le mien était occupé ailleurs),
de règle :

« Je, note Pascal,
ne suis la fin de personne
et n'ai pas de quoi vous satisfaire. »
Pourtant,
ma pente naturelle, par vantardise
moscovite, par mollesse alémanique,
par toute ma tripe stupide
ma pente est de faire plaisir.
Et parfois, Dieu sait,
j'ai perdu 10 ans de ma vie (11 ans)
pour faire plaisir, i. e. pour faire le
grand Seigneur
(l'orange achetée en cachette)
j'ai payé, tant mal que bien,
— te souvient-il du jour de ce
Grand brouillard
On allait enfin pouvoir fuir sans adresse,
Les remorqueurs sur le fleuve invisible
mugissaient comme des vaches sous l'orage,
un orage d'invisibilité,
un orage dans nos cœurs (pas le tien ?)
un orage dans notre sang
Le brouillard se leva.

Trop tard.
Au coin de la rue je rencontrai Mr. Eliot qui lui aussi
attendait l'autobus.
How pleasant to meet Mr. Eliot quand on a du moins
la bonne fortune d'être un autre, de n'avoir pas du moins
à subir les emmerdements qui pour Mr. Eliot
déroulent fatalement de sa nécessité
d'être lui-même Mr. Eliot.
Je n'ai pas de quoi vous satisfaire.
Or, il se trouve
Que j'ai toujours trouvé tant mal que bien de quoi
à peu près satisfaire,
tous ces autres, celle qui mendiait, celle qui proposait
au passant d'aller dans sa cuisine ouvrir l'armoire
pour y goûter ces délicieuses et par elle accumulées longuement
délicieuses confitures de néant, celle
qui avait envie d'un jouet, celle
— assez ! — j'ai eu de quoi.
Je n'ai pas eu, pour toi seule,
ma choisie, ma pour moi et non par moi choisie,
ma bien-aimée,
mon avarement aimée,
(celui qui, ayant distribué son bien,

il n'a plus qu'un morceau de pain
et un reste d'eau, dira-t-on qu'il est
avare. — Oui, on le dira, avec raison.)
On le dira avare avec raison. Il n'avait qu'à
Garder un peu de son bien.
Pour toi seule,
ô de toute façon trop tard présentement,
trop tard,
pour toi seule
je n'ai pas eu de quoi te satisfaire
et présentement je n'aurai plus, — comment aurais-je ?
tu n'es plus toi d'alors,
je ne suis plus moi comme alors
je n'aurai plus de quoi te satisfaire.
Laisse, après cela, laisse les remorqueurs,
laisse-les, trapus et répugnants,
laisse-les, culs-de-jatte, fumeurs de cigares,
laisse-les gueuler dans les brumes désormais inutiles
je crache sur eux du haut du pont.
Bien entendu, il faut savoir ce que parler veut dire,
Je pourrais encore, demain, présentement,
même sans brouillard, et loin du fleuve,
dire : ça y est ! Partons !

mais non,
le brouillard bien sûr n'est pas ce visible brouillard
les remorqueurs sont d'excellents
remorqueurs où l'équipage est brave
et gagne sa vie petitement débonnaire.
Je ne suis la fin de personne et n'ai pas de quoi vous satisfaire.
Oh, à poil ! crierai-je, comme au collège et au régiment,
à poil les dames d'une certaine élévation de sentiments
à poil les dames qui savent arranger leur vie et même en plus
être de bon conseil
qu'on les donne à foutre aux mendiants.
Brouillard
brouillard
brouillard sur ta prévision, ta volonté.
Bonjour, trop tard bonjour,
bonjour mon cœur ta place par avance
est incontestablement sans hypothèque,
oh nous ne pourrons pas bâtir
certes, nous avons planté
mais nous ne pourrons pas
nous asseoir à l'ombre de cet arbre unique.
bontard cœurjour,
bon cœur, tardjour,

je me souviens
du soir d'été,
allant faire nos emplettes
le long du cimetière de tous les cimetières parisiens l'un des
moins infectés de musiciens
de second ordre et de visiteuses à règles douloureuses,
nous allions faire nos emplettes chez les commerçants du quartier…

rouge dans la brume le cœur de l'insensé
comme une boîte aux lettres avale de faux espoirs
s'arrête comme un bus aux arrêts facultatifs
ô cœur à deux étages ô cœur où la prochaine levée sera demain
ah si les attachés avaient mieux potachés
ils mettraient en alexandrins
du Times sibyllin les éditos bicéphalins

pour un chantecler sortant de chez sa philomèle
parfois un philomel sort de chez son aiglonne
où si toujours léda ariane médée toujours abandonnées
toujours de quelle faim blessées est-ce depuis toujours
qu'elles sont daphnées captives par les racines
oh il faudrait récrire les métamorphoses
on pourrait dire des tas de si pénétrantes choses
oh il y aurait à déployer tout un néosymbolisme
si revigorant pour le métabolisme

oh même les plus couturières des ambassadrices
soudain se reprendraient à vibrer de la madrice

au coin de la rue, d'après quel chêne nain nommée,
au coin du bistro qui fait le coin après le droguiste
qu'il est agréable de rencontrer Mister Eliot
Il n'a rien à dire d'ailleurs, on le comprend, sinon
qu'il fait beau ne fait-il pas, ou moins beau que la veille
d'ailleurs qu'y aurait-il à dire, en vérité, qu'y a-t-il
à dire jamais il y a peu à dire il n'y a qu'à attendre
et en attendant tant mal que bien on s'occupe
avec tout compte fait peu de profit pour quiconque
voilà ce que pourrait vous dire cet homme intègre
ce joueur de quilles qui n'a pas son pareil pour
avec grâce et précision abattre à chaque coup les
deux ou trois mêmes quilles et en vérité pourquoi
abattre tout un jeu de neuf il y a peu à dire
et si tout le monde avait le bon sens de se taire
un peu plus il n'y aurait rien à dire que les gens
n'auraient déjà par eux-mêmes pensé
le poète un jour peut-être, après des années
d'exercice, de discipline de la respiration,
de concentration sur l'idée mettons de la lettre a

dans le mot matches sur une boîte d'allumettes
après des années de solitude et quelques mois de
débauches et des stages sérieux dans des organismes
comme les eaux et forêts les pensions militaires
le poète chaque second, mettons chaque troisième jour
pendant cinq minutes, au coin de la rue, créera,
créera le sourire sur les lèvres du conductor de bus
créera un paysage mental dans la dame hépatique qui
passe créera un chant de remerciement qui s'élèvera
de l'hôtesse délaissée de l'air créera un chant
de louange chez ce jeune homme à melon bien né
un chant d'adoration des sept personnes qui attendent
le bus le poète dans les grandes occasions nationales
sera chargé sur liste civile de la maison du roi
ou de la reine le matin du solstice d'été, dans
le quart d'heure qui suit l'aube, de mentalement
diffuser sur toutes les ondes courtes utilisées
par convention internationale par la communauté
londonienne et des home-counties, de diffuser
un cantique d'allégresse et de contentement les poètes
ne pourront plus se plaindre de la crise sociale et
des innovations fâcheuses de physiciens qui pourtant
n'ont très exactement rien fait d'autre que les poètes

à savoir de faire joujou, ne pourra plus se plaindre
de l'inégalité des salaires de l'absentéisme au culte
de la confusion du langage le poète conformément à sa
demande expresse sera enfin réintégré de plein
fonctionnement dans la société, aveugle par
décision prénatale, ou sourd, selon les besoins
annuellement prévus en poètes lyriques ou descriptifs
visuels ou auditifs, le poète aura fini de rigoler
ou de geindre à spender l'âme tout ça vous pend au nez
heureusement, je dis heureusement il y aura on verra
les débuts de la floraison de l'école de tombouctou
néomatérialiste néorationnelle en ce sens précis
qu'on aura découvert que l'esprit invisible est
matière seule efficace seule subtile et que la raison
consiste à se rendre compte que la moindre des
opérations de Dieu n'a strictement aucun rapport avec
une opération intellectuelle ah je prévois les
beaux préludes pour orgue verbal la place retrouvée
du hasard grâce aux accidents de la machine les
registres savamment poussés tirés pour obtenir à
l'improviste la basse de la mélancholie monophysite
les fraîches verdures les timbres clairs de l'espoir
les jaunes sereins de l'ironie sans rancune sur les

pédales répétant l'accord solitude union
le poète n'aura plus qu'à bien se tenir puisqu'à
la moindre dissonance interdite on verra sursauter
la courbe statistique de l'aliénation mentale ou
de la séparation de biens alors que les virtuoses
de même abaisseront la fréquence des accidents
maritimes de l'anémie des malentendus
parlementaires et qu'il sera réservé aux grands
talents qu'on reconnaîtra le génie poétique au
seul fait d'avoir opéré une chute soudaine dans
le graphique du cancer et de la maladie du sommeil
la maladie mécanique du sommeil qui se communique
par stylos somnoactifs par téléphones somnophiles
grande époque l'école de tombouctou au lieu
des époques geignardes où comme sous louis soleil
ou péricles tous les vieillards se plaignent de
la confusion des valeurs on verra les contraventions
sous forme d'insomnie de deux heures le temps de
réapprendre à reprendre son souffle le vol puni
par une semaine d'obligation d'accepter des
cadeaux utiles, l'avarice par un mois d'irrésistible
générosité la cruauté par une année de masochisme —
non, par une année d'emprisonnement dans l'écorce

d'un arbre, — grande époque, les premiers
barrages mentaux pour l'accumulation du pouvoir
divinatoire les premiers transports en commun
d'énergie physiologique, les premières routes à
grande communication transcollectives d'énergie
spirituelle élémentaire, de quoi pour la ménagère
et le retraité réussir sans peine de petites opérations
simples de transfert de menus objets, ou de
nettoyage affectif des appartements. La punition pour
les élèves paresseux consistera à traduire vingt lignes
d'obscurophilie 20e s. en alexandrins hugoliens
exemples ad lib : sorti de madelon je prends la
mitraillette — horreur un e non compté à la césure…

ÉTUDE II

Bientôt à longs meuglements les bateaux sur le fleuve
lancé vert à nouveau entre les peupliers retrouveront
la brise du sud au nord raidissant leurs drapeaux ;
dans les vestiges de la forêt carolingienne
la feuille enroulée minusculement tendre mais
verte avant le soleil de toute la dureté de sa patience
percera le bois mort.

D'Égypte où elle montrait son croupion aux touristes
la cigogne reviendra estiver parmi les grenouilles rescapées ;
le confiseur de village mettra en vitrine ses
lapins de sucre rose à longues oreilles fertiles ;
déjà de son museau fourré méticuleusement la taupe
retourne la terre à nouveau meuble et dégage
les colonies de vers blancs de ses garde-manger ;
les bonnes femmes au cimetière iront repiquer des pensées.

Une fois encore, ô cœur, parviendrons-nous,
à balayer les décombres de notre hivernage ?

Dans un noyer commode, à deux jets de pierre du village
qui se réveille à peine de sa somnolence hivernale,
un vol de corbeaux est posé, un sur chaque branche portante,
ils sont là, combien sont-ils, treize, dix-sept ?
comme de gros fruits noirs dans l'arbre dépouillé.
Est-ce le Consistoire de la confession d'Augsbourg
et ce gros-là, un peu sur le côté, est-ce le pasteur Schaeffer,
gros de cou, confortable de plumage, ayant épousé
une fille de pharmacien ou est-ce de médecin ?
Est-ce un comité ? Est-ce un conseil de clan, de guerre,
contre la buse qui toujours vole seule, et le faisan
mâle debout sur la route dans son plumage mordoré,
debout on dirait sur une patte avec sa fine queue pointue.

SUR « BACH EN AUTOMNE »

(Lettre à Jean Paulhan)

Lundi de Pâques 55

Cher Monsieur,

L'aimable lettre que vous m'aviez envoyée naguère au sujet de textes de Kassner m'encourage à vous écrire personnellement.

Je vois avec joie, au dos du numéro d'avril, que la N.N.R.F. compte publier dans un prochain numéro un « Bach en automne » d'un dénommé Jean-Paul de Dadelsen, dans lequel je crois me reconnaître.

J'ignore lequel de nos amis communs (Blaise Allan ? Francine Camus ? ou quelque autre que je ne devine pas ?) a pu vous communiquer ce poème qu'à force de retouches trimestrielles je m'étais habitué à considérer comme perpétuellement inachevé. Ce gracieux intercesseur m'aura valu, et le plaisir d'enfant que je prendrai à figurer à votre sommaire, et la salutaire obligation d'établir enfin le texte provisoirement définitif que je joins (en deux exemplaires) à cette lettre.

Plutôt que le texte dont vous disposez, et qui doit dater de décembre 54 au plus tard, je vous serais vivement obligé d'envoyer au typo cette dernière version : bien qu'étant de même longueur en raison de la sorte de « forme fixe » que j'ai choisie, elle contient non seulement de nombreuses retouches de « phrasé » mais aussi plusieurs passages nouveaux auxquels j'ai la simplicité de tenir.

Je vous serais également très reconnaissant si vous aviez la gentillesse de demander au typo : a) d'imprimer, sans rejet aucun, les lignes entières comme sur mon manuscrit, au besoin grâce à une italique un peu menue ; la ligne la plus longue a 79 signes ; b) à l'intérieur de la dernière (VIIe) partie, pour les trois intervalles ou séparations, de conserver quelque chose comme le signe que j'ai utilisé ; c'est l'équivalent du signe de séparation entre les parties principales employé dans toute pièce de musique et il peut bien entendu, comme en musique, être au besoin rendu par deux barres verticales ; en raison de cette même intention musicale, il faudrait que dans cette dernière partie les départs de chaque subdivision soient bien, comme aux pages 8, 9 et 10 de mon manuscrit, mis en fin de ligne, aucune de ces trois reprises n'étant en quelque sorte comptée comme une « mesure » pleine ; c) pour la première grande strophe de la page 8, de conserver la disposition en sablier indiquée sur le manuscrit, au besoin même en « centrant » toutes les lignes (obtenant ainsi deux obliques aussi dans la marge antérieure).

Bien entendu, s'il est possible d'avoir des épreuves, j'en serais particulièrement heureux.

J'ai laissé dans ce dernier texte quelques phrases qui me paraissent gauches ou faciles, parce qu'il m'a paru que dans toute publication il fallait laisser à boire et à manger pour contenter son monde. Par contre, les retouches, dans le sens d'une simplicité bordant la banalité, que j'ai apportées à la première partie (strophe 2) sont volontaires, pour donner à cette entrée le caractère d'un prélude dont le dessin un peu plat ne doit encore que faire entrevoir les arrière-plans de l'ouvrage. Au demeurant, le poème est centré sur la partie médiane, ce paysage de la quatrième partie qui me paraît poétiquement aussi le centre de la composition.

Je me suis, du moins dans les premières parties, représenté le père Bach un ou deux ans avant sa mort, soit en 1748, ou 1749, mais il m'a paru inutile et restrictif de donner cette date entre parenthèses sous le titre.

Veuillez, je vous prie, cher Monsieur, être assuré de ma reconnaissance pour l'intérêt que vous avez bien voulu porter à ce poème, et de toute ma sympathie.

JEAN-PAUL DE DADELSEN

P.S. Je ne mets pas toujours l'orthographe avec beaucoup de sûreté et le manuscrit est peut-être à retoucher à cet égard.

L'EUROPÉEN

LA FOLIE DE HÖLDERLIN

Anecdote

Sur ce dernier rebord
On le voit poser une main qui ne tremble pas
La gentillesse de ce fleuve retrouvé
Ne plus se pencher vers elle, mais rester droit
Sébastien stupéfait de patience.

Les peupliers de Bordeaux
Et la rive glissante de la Garonne
Que suivent les femmes aux dimanches de soie
Maintenant sont plantés sans vibrer
Dans le flanc maintenant immobile
Ce nœud coulant ajuste deux poignets sans les mordre.
Même le soleil
N'est plus ce poignard qui sonne.

Il faut à celui-ci
Un regard qui fraîchisse son front comme une aube
Si tu posais ta main sur ces mains jointes
Le poids tendrait cette corde affilée.

Feins de poser tes yeux avec lui
Sur cet orme qui n'ose plus lui faire signe
Pour ne pas l'éveiller de sa pitoyable divinité.

Ce miel est indulgent à ses lèvres brûlées
Sur la gorge de l'écorché le jour simule une douceur
Mais cet arc tombé de ses mains
L'homme immobile voit peut-être le fleuve où il danse
Le pilier de quel pont il frappe à cette minute
Quel chasseur aux yeux aigus
Le ramasse.

BLACK-OUT

Dans le noir de la rue, dans la nuit de la guerre
La ville menacée, marquée, imite le néant.
Dans ses profonds couloirs comme dans ton cœur,
Obscur comme ton cœur,
Dieu est présent.

Insaisissable infiniment et d'une merveilleuse nullité de matière
Une de ses respirations construit
Une de ses respirations annule le monde créé.

Dans la ruche de ténèbres de la ville étrangère
Dans ton cœur tortueux comme dans le cœur
De tes frères, de tes ennemis
Secrètement le Seigneur se repose en lui-même.

Mais au-dessous des créatures indescriptibles
Qui tournent comme des soleils stagnants autour de l'ineffable
Absent qui les contient dans son amour,

Au-dessous
Des trônes foudroyés dans la vision de son image,
Au-dessous
Des chérubins, des séraphins dont la sagesse est flamme,

Au-dessous
Des dominations, des vertus, des principautés
Au-dessous des archanges
Les anges messagers
De leurs sandales de lune effleurent les pays nocturnes

De leurs ailes de silence couvrent le fugitif et la bête farouche des bois
Ou les démasquent.
Qui raisonnera contre le Seigneur, qui
Dira ce qui est bon, ou juste, ou nécessaire,
Qui prétendra savoir ?

Les anges messagers sourient,
Aux amours, aux douleurs futures, aux morts futures
De tous ceux que tu auras aimés et combattus,
Au futur et dernier soleil de ton pays, de ta personne, de ton esprit
Avant qu'il ne rentre avec toutes les images créées,
Avec toutes les choses anciennes et partielles
Dans la jeunesse inimaginable de Dieu.

LES VERGERS DE TOMBOUCTOU

Notice explicative

Deux mille et onze, ô temps où des palmes sans nombre
Bruissaient, ombrageant tomates et concombres
Autour de Tombouctou,
Et des arbres mentaux, plantés par les édiles
Proposaient des vergers aux studieuses sibylles
Et aux dormeurs itou !

1

J'étais sorti de mon corps endormi,
J'étais debout sous l'arbre à songes
Près de la citerne à souvenirs.
Le gardien me rappela que la pêche est

Interdite en cette saison et qu'il faut laisser
Mûrir les songes.

2

Bel arbre que j'ai planté, arbre à réponses,
J'ai regardé souvent à la brise spirituelle
Palpiter tes feuilles doubles, pareilles
À la feuille sombre et claire du tremble.

3

Il n'est pas bon de trop longtemps sortir la nuit
Dénouer sa chevelure sensible sous l'arbre à paroles.
On apprend trop de choses. À la longue cela fatigue
Le pouvoir d'ignorer le lendemain.

4

Dormeuse,
Je garde loin de toi les esprits des morts futiles,
Les pensées des voyageurs distraits, les désirs des
Vieillards affligés d'incontinence mentale.
Dormeuse, viens
Me rejoindre sous l'arbre à rencontres.
Je te porterai sur l'onde verte de ma respiration.
Je te dénouerai dans la lumière jaune de mon repos.
Demain tu te réveilleras
Contente.

5

Les petites âmes aiment l'arbre à mensonges,
Les petites âmes vont y sécher leurs petites larmes.

Par de petits émois les petites âmes ajournent
La saison de grandir.

6

Passé trente ans ne plante plus d'arbre à miroirs,
Passé quarante, taille court l'arbre à gloire,
Passé cinquante, arrose l'arbre à silence,
Pour qu'un matin, descendant au verger,
Pleuvent sur toi les fleurs de la tranquillité.

7

Je t'ai attendue sous l'arbre à fidélité,
Je t'ai espérée sous l'arbre à mémoire.
Excuse-moi. J'étais bête. Ô douce, ô sage, je te
Retrouve enfin sous l'arbre du sommeil.

8

Somnus le mal nommé, échappé du sommeil,
Au mépris du code des déplacements mentaux et sans provision
Promenait sous les arbres à poèmes
        Son âme indûment plaintive.
On le ramena fermement, il n'était que temps :
En son absence, son stylo somnoactif avait
Tracé au parolier électronique le programme d'une
Ode qui eût fait instantanément monter
Le graphique du vagabondage passionnel.
La courbe de l'irresponsabilité oscillatoire,
La statistique de la prophétie illicite.
Contravention de huit jours de sommeil de rigueur.

9

Les vacances du poète sont accordées
Par dispense spéciale du collège des vieillards
À chaque poète ayant guéri sept cas de surdité mentale.
Le poète alors, ayant presque épuisé son capital,
Au-delà des limites va seul, sans nourriture, sans guide,
S’asseoir sous l’arbre de la mélancolie.

DEUX ÉPIGRAMMES

Fidélité

Antoine, il y a vingt ans, contre son ordinaire
Au lieu d'un artilleur, jouit d'une baronne.
Depuis lors, chaque année, il célèbre et festonne
De cet accouplement le jour anniversaire
Et ponctuel retrouve sur un lit de cretonne
Cette nymphe quinquagénaire.

Veuillez, etc.

Hervé, quand il éprouve envers autrui
Percepteurs ou propriétaires
Des sentiments de rage ou de mépris,
Les prie d'être assurés de « sentiments sincères ».

Ils m'ont pendu pour avoir voulu vivre.
Ils m'ont pendu pour n'avoir pas tué.
Ils — ce ne sont pas les mêmes tous les jours — m'ont pendu
pour avoir cru ce que prédisent les autres
dans leurs livres d'école du soir pour adultes arriérés. Ils m'ont pendu
pour rien. Pour oublier la peur. Pour étrangler la honte.

Écoute, sur les ponts de Budapest, coexister
les pendus de tous catéchismes, de toutes cosmogonies.
Une fois le mauvais moment passé, on se tient compagnie
plus on est de pendus, plus on peut causer
au point où l'on en est, plus on peut rire.
Le vent du beau Danube bleu remplit nos poches à jamais vides de grenades
le givre raidit les défroques de nos corps. Six jours durant
j'ai trimé dur ; le septième jour je me suis reposé, j'ai vu.

D'étranges mandragores vont naître sur les routes
quand les chars, quand les chiens, quand les égouts en débordant

auront disséminé dans toutes les veines de la terre, dans toutes
ses matrices ce foutre de pendus, ce sang
giclant en pluie équatoriale sur les arbres gluants
ces lambeaux de muqueuses et d'os et d'ongles de gamines de treize ans
pour de précoces noces habillées de grenades
se glissant sous les chars pour se faire avec eux sauter.

Contre, dans la grande balance stupide — contre
le plateau où s'entassent les mots qui ne veulent rien dire et tout dire
les mots qui ne font pas de pain, les mots qui ne font pas l'amour,
les mots faits de vent recueilli dans les barbes depuis longtemps pourries
de professeurs à caleçons longs pour révolutions en pantoufles,
contre les mots qui tuent sans voir, sans regarder quiconque,
contre les gens qui vivent d'empêcher de vivre,
contre les gens qui soixante ans durant se vengent de leurs tristes enfances,
contre : des garçons livreurs, des ferblantiers, des vidangeurs,
des typographes, des laitiers, de petits télégraphistes,
quelques gamines de treize, douze, dix ans
soudain pubères quand il s'agit de se glisser, pour l'étrangler,
dans l'alcôve de métal et de feu du boucher.

Nous avons arrosé, labouré, ensemencé les esplanades,
nous avons sur l'asphalte passé la herse et la houe,

nous avons moissonné. À toi, Ivan, de faire la vendange !
Ivan, ô fils de truie, ô fils de femme chrétienne,
enfant de goret, enfant de bagnard sibérien, Ivan aux mille visages,
Ivan d'une seule misère, c'est contre toi, c'est avec toi,
c'est à côté de toi, c'est aussi pour toi que je me suis battu
contre ton frère Ivan, contre mon frère Janos.
Le vent nous fait valser au même lampadaire.
Du plus haut bec de gaz, ohé Janos, toi qui nous pètes sur la tête
vois-tu venir les chars américains ? vois-tu descendre en parachute
les volontaires titistes, progressistes, libertaires, humanistes ?
T'as voulu faire le fier, Janos. Pas comme nous
qui depuis tant d'années, dans tant de nuit, attendons,
dans tant de gel, dans tant de mort, attendons,
dans le toujours plus ridicule, plus nécessaire espoir, attendons,
quand nos gosses rentrés de l'école idolâtre prétendent nous apprendre
comment on fait un feu, un toit, un lit, un pain, comment
on tue le cochon (quand on en a un), comment le loup cherche pâture,
comment à chaque printemps le fleuve immensément fait craquer
sa prison,
comment on vend ses légumes, comment on nourrit sa vieille mère,
comment on fait des enfants
comment on meurt.

Toi qui voulais un monde clair et fraternel, tu es servi,
toi qui toujours espères, sur ton peuple d'ivrognes et de fainéants
voir fondre une soudaine Pentecôte où tout le monde
s'embrassera en parlant russe parmi des pigeons de feu,
tu as réussi.
Autour des pendus danse la ronde des enfants perdus, dansent
les esprits des morts de massacres plus anciens. Forcément,
quand on donne une pareille fête, ça attire du monde, on fait recette
en attendant les sanglantes kermesses d'Ukraine, de Russie Blanche et
Baltique et Caucasienne et Turkestane et Sibérienne, voici des collègues
venus des petites fêtes de la famille humaine, répression de la Grande
Mutinerie, marche vers l'Ouest, village près de Tipiza liquidé à la bombe
l'année de la Libération, conquête du Congo, pacification de villages zoulous,
bantous, viets, malais, javanais, philippins, mandchous, maumau, tutti quanti.
Venez, collègues, faites comme chez vous.

Tu parles bien, Ivan, tu as toujours aimé parler. Nous,
ici, maintenant, on a rentré cette récolte précise. On se repose,
on regarde. Et pour délirant, pour inutile que ça puisse être,
nous, ce qu'on a fait, maintenant, ici, tel quel,
ça nous plaît.

ORPHEUS IS, AFTER ALL…

Orpheus is, after all
        écrit M. Alfred Einstein
        (pas celui-ci dont les dames
        ont entendu dire qu'il avait prouvé
        que l'univers est un œuf, infiniment courbe
        ce qu'un Jésuite quelque jour avancera comme argument
        pour démontrer que la Vierge Marie est
        antérieure au Père — la querelle classique
        de savoir qui pond quoi d'où naît qui)
Orpheus is after all
essentially a castrato role.
Tu n'es pas né pour être ange
(et peut-être dans quelque sens mental incompréhensiblement
les anges sont-ils couillus comme des Russes)
tu n'es pas né pour être goret ou taureau,
tu es né pour découvrir le chemin,
      à pied, traînant le poids de ton

cœur, de tes couilles
non pour voler d'emblée.

Où est, demande le Grand Comptable
votre justification.
Ma justification
Est de n'en avoir aucune, ma
justification est d'avoir tout brûlé, tout
jeté, tout piétiné qui pourrait me
Servir de preuves.
Ma justification
Est de n'avoir fait confiance
Qu'à l'entêtement de Dieu contre toute évidence.
Je n'ai pas…

(inachevé)

VALPARAISO

Nom jaune, ville jaune. Nom jaune parce que coloré et accentué, non pas sur les a brefs, ni sur sa finale, mais sur cette essentielle diphtongue qui se prononce comme treille, comme fraise, comme oreille.

Ville d'Europe, aux antipodes du lac Baïkal, ville plus européenne que nos métropoles, moins informe que Londres, moins chinoise que Paris, moins asiatique que Rome.

Ville jaune même sous la pluie, trempant dans le Pacifique jaune, assise au-dessus du flot boueux qui d'ici, passant au jade et à l'émeraude, va battre l'île de Pâques et Rapa Noi.

Arbres, bois presque marin passant sur les toits peuplés de statues de fonte.

L'avenue droite que rien ne permet d'incurver vers le haut, que rien ne permet d'incurver vers un triomphe et la porte de Brandebourg n'est après tout que la porte des autostrades plates vers l'Est.

Briques de plaine sous les dalles impériales.

Monuments aux morts comme une fosse aux ours.

Régional ou continental, pas de pays-cuvette, assiettes concentriques où repose Paris.

Ville de banque et de potasserie ; ville plébéienne, ville d'intelligence roturière, vive, simplificatrice, brutale, amère, joviale, teintée de sarcasmes hébreux et de lourdeur slave. Ville ouverte. N'offrant que brasseries et boîtes aux députés venus des vignobles badois, des vallées souabes, des montagnes bavaroises.

Gare de marchandise et de troupe, plaque tournante de fonctionnaires, marché de mécanos et d'administrateurs.

Face à la brume, face à l'humidité salée qui lentement râpe et mange la pierre de ses colonnes. — Plat, la plaine essentielle de l'ancien marché et il faut aller presque jusqu'à Tsarskoïe Selo pour s'élever de quelques dizaines de mètres jusqu'au haut de la première dune de la première levée de terre. Place entre le Palais d'Hiver, l'ancien Ministère de la Marine et de la Guerre, les anciennes Affaires étrangères, jaune, jaune de l'Amirauté. Cathédrale Saint-Isaac. Mobiliers de l'Astoria. Qu'espérer, tourné au Nord, au mauvais temps, rien que pour sortir de la steppe, mais il eût mieux valu en sortir par l'autre bout, descendre à la mer Noire, reprendre le site des villes grecques, immémoriales, aller tirer la langue au Grand Turc — à moins que justement il ait fallu s'éloigner de lui autant que possible.

Le cercle est bouclé et Pétersbourg regarde vers les îles d'Alend, berceaux des Vikings que par la Normandie et la Grèce vinrent fonder.

Sète, jaune et rose alignée le long du canal rectiligne.

Angoulême dort noire au soleil de midi.

Locomotive au dépôt, la cathédrale d'*Albi*
Somnole aux mouches en rêvant de la pureté cathare.

Cordes, sur son roc hisse sa fidélité assoupie
Et, près du puits, derrière la croix imposée en pénitence,
L'inscription anticléricale dégrise la fierté cathare, non repentie,
Debout comme un menhir indéchiffrable.

Brantôme aux balustrades bâille dessus l'eau basse.

Fréjus encore bercée au bruissement des trirèmes.

Sous un soleil de chêne, rurale et mondiale,
Cognac chauffe les portails de fer des entrepôts de sa patience.

Au débouché des vallées andines, *Grenoble*
Étale industriel son quadrillage militaire du Nouveau Monde,
Vice-royauté de Stendhal le Conquistador.

Roscoff gratté au sel.

Saint-Malo en rond sous l'ardoise lavée.

Caméléon sur sa colline rousse
Fayence en escalier cache en rond ses ombrages.

À *La Rochelle*, à sept heures du matin
Un petit père en bleu, fumant la pipe à son volant,
Passe sur les pavés du port debout sur son rouleau compresseur
Et comme là à travers le vacarme tu respires l'espace matinal
Qui se moque des pasteurs comme des curés,
Et ne veut se souvenir que des 4 Sergents.

Saint-Pol-de-Léon, aveugle à la mer, sous l'haleine du large
Crie ses artichauts sous les fenêtres de l'évêque.

À *Pontivy*, place de la Gare, l'hôtel des Voyageurs
Propose tout compris, taxe et pourboire,
Une chambre nuptiale en route pour Sainte-Anne-d'Auray
Et sur le bord d'une eau claire, une affiche célèbre le
« Mont Saint-Michel, vêtement de travail inusable ».

STONE IN VENCE

The stone seemed to continue on that side we saw
A sentence started on some previous leaf.
The stone was saying :
Et memoriae dulcissimae of I don't remember whom.
One Septimus or Caius, he died young, at twenty-five.
Jucundilla or was it Priscilla, perhaps his wife, ordered this stone
Inscribed

Unto his memory most sweet. He might in earlier times
Have led a legion, at his age, been for the current year elected
A member of the college of priests,
He might, had he been in Rome, have perished because of
Sejanus
Or some other schemer. He lived in Vence under the milder sky
Of northern plane trees strong in defenceless leaves of spring.
Has he been happy ?

His memory was sweet. So were his arms who knew no anaesthetic,

PIERRE TOMBALE À VENCE

Sur le côté de la pierre que nous regardions
Continuait une phrase commencée, semblait-il, sur une autre feuille.
La pierre disait :
Et memoriae dulcissimae… je ne sais plus de qui.
Caius ou Septimus, lequel mourut jeune, à vingt-cinq ans.
Priscilla ou Jucundilla, peut-être son épouse,
Fit graver l'inscription.

En son doux souvenir.
Jadis il avait peut-être commandé une légion, si jeune,
Pour un an été nommé au collège des prêtres.
Toujours à Rome, il aurait pu être éliminé par Sejanus
Ou par d'autres intrigants.
Mais il vécut à Vence, sous le ciel plus clément des arbres nordiques
Forts de leurs feuilles si fragiles au printemps.
Fut-il heureux ?

Son souvenir était toute douceur.
Comme ses bras, vierges d'anesthésie,

His knees brought bare to battle as bare his thighs to bed.
They married young.
At night the frogs in April chanted massive mortality
Made up of many tiny beatitudes. The cicadas
Against the rising bread of heat grated as the brain in our head.
The Alps were thawing.

Now he has passed into a foreign order. The penny in his mouth
May buy him easy passage. His eyes, his neck most strong
Are mirrored in his children
His sweetness in his little daughter's quiet laughter over pebbles
He has now passed into a foreign island surrounded by
Dark waters. His memory is gentle, his memory is
Gently fading.

At evening in Vence an invisible dust of contentment
Is descending over the dead seated in the declining sun.
They are pleased with their day.
They had their tempers over municipal money or a bad throw
At boules in the public square. They still say their little jokes.
They occasionally play their little practical jokes on the living.
They are in no hurry here.

Softy the pagan stone remembers its modest bliss.
A young man long since passed to further reaches.

Ses genoux dénudés au combat et ses cuisses nues au lit.
On se mariait tôt.
Au mois d'avril les grenouilles, la nuit, chantaient la mortalité massive,
Composée d'une multitude de petites extases. Les cigales
Dans la chaleur à cuire le pain grésillaient comme le cerveau dans nos têtes.
La neige des Alpes fondait.

Un autre ordre maintenant l'a pris en charge.
La pièce entre ses dents pourrait payer le passage.
Ses yeux et sa forte nuque se retrouvent dans ses enfants.
Sa grâce dans le rire charmant de sa fille jouant avec des galets.
Il est donc parti vers une île inconnue, entourée d'eaux sombres.
Son souvenir doucement plane, son souvenir
Doucement s'estompe.

Le soir à Vence une poussière invisible, un air de félicité,
Se disperse sur les morts assis au soleil couchant.
Ils sont satisfaits de leur journée.
Après avoir passé leur colère sur les finances municipales ou un jet
De boules raté sur la grande place. Ils se racontent toujours leurs petites blagues.
Cela leur arrive de jouer des tours aux vivants.
Ici, ils ne sont pas pressés.

La pierre païenne doucement se remémore son modeste bonheur.
Un homme jeune, depuis longtemps, a passé sur l'autre rive.

Is he now back to the sea?
Softly next to the stone of the ancient resignation inscribe
Under the happy dust in the widening night invisible lines
In hope and confidence and love to Helen G. At more than seventy
She died quite young.

Ours is not a world of memory but of participation,
Not of order, but of desire, not of law, but of affirmation.
Our night is wide.
The tunic of our life without cut or stitch
Stretches across the minor borders of our mineral self
Certainly there has been pain. Certainly a long way ahead.
Look after
The small child who discovered travel.

The dead in Vence are leaving the public square
And under darkening trees they go to sit near the table
Or in their secret garden.

Many of them have not become very wise or willing,
Many of them still potter about their shops or stables.
May the fiery saints help us to consume the fruits of our deeds.
Time will not last for ever.

Est-il de retour sur la mer ?
Inscris doucement en lignes invisibles sous la poussière heureuse de la nuit qui tombe
Près de la pierre d'ancienne résignation,
Avec espoir, confiance et amour pour Helen G. À soixante-dix ans passés,
Elle mourut jeune.

Notre monde ne veut pas se souvenir, seulement participer,
Il ne connaît pas d'ordre, n'écoute que son désir, rejette les lois, pour mieux s'affirmer.
Notre nuit est vaste.
La tunique de notre vie sans points ni coutures
S'étend par-delà les limites de notre être de chair et de sang.
Certes, il y a eu souffrance. Certes le chemin sera long.
Veillez
Sur l'enfant qui prit goût aux voyages.

Les morts de Vence quittent la grande place,
S'approchent de la table sous les arbres sombres
Ou se reposent dans leurs jardins secrets.

Beaucoup, d'entre eux ne sont devenus ni plus sages ni plus ouverts.
Beaucoup d'entre eux traînent encore dans leurs boutiques ou à l'étable.
Que les saints ardents nous aident à consommer les fruits de nos actions.
Le temps ne sera pas éternel.

Soft night, descend in waters of air over the deserts of wisdom,
Over the dry places where the friendly flesh has turned to bone and dust
So that again we may hear
The fountains of the soul playing for the joy of the silence
And like the pagan woman giving thanks for her day most brief
We may desire the gathering breeze in which we will put to sail
Towards the land from which we came.

31 IV 54
In memoriam

HELEN GARRETT

Déverse-toi, ô douce nuit, en fleuve aérien sur les déserts de sagesse,
Sur les cités desséchées où la chair aimée est devenue os et poussière,
Pour qu'à nouveau nous entendions
Les sources de l'âme louer le silence
Et que, comme la femme païenne rendant grâce pour sa courte journée,
Nous puissions désirer la brise montante avec laquelle nous hisserons les voiles.
Pour le retour au pays dont nous sommes venus.

In memoriam

HELEN GARRETT

Traduit de l'anglais par

ANNE DE DADELSEN
et ALICE DE DADELSEN-ASQUITH

Benedict :
Good friend Lorenzo, how can you expect
Virtue in women? Open to the moon
And mixing spells in matrimonial cauldrons
And hunting without moving, like the flower
Which traps an insect in her painted womb,
O watch them bathing under bitter trees!

A dog :
Man in all but food and fire
Has no judgment, has no nose
He marks no places, welcomes strangers
And buries brass instead of bones.

Orietta :
Under the willow tree I lay contented.
My sweetheart a policeman, what have I to fear?
His chest is fragrant like dry hay in summer
The silver of his helmet shineth beneath the moon.
Mamma approves of policemen, provided they
Go once to church at Easter and save towards a house.

PERSPECTIVE DE PISE

Bénédict :
Mon cher Lorenzo, comment peux-tu t'attendre
Que la femme soit vertueuse ? Ouverte à la lune
Et mêlant des philtres dans les chaudrons matrimoniaux,
Chasseresse immobile, comme la fleur
Qui piège l'insecte dans sa matrice peinte,
Observe-la se baignant sous les arbres amers !

Un chien :
L'homme en tout sauf le manger et le feu
N'a pas de jugeote, pas de nez :
Il ne marque pas son territoire, accueille l'étranger
Et enterre des sous et non des os.

Orietta :
Allongée sous le saule, je suis heureuse.
Un policier comme amoureux, que pourrais-je craindre ?
Sa poitrine embaume le foin de l'été
Son casque argenté luit sous la lune.
Maman veut bien d'un policier, pourvu qu'il fasse
Ses Pâques à l'église et économise pour un toit.

English tourist :
I met a young girl in Emilia
Whose face looked exceeding familiar.
When I said : « Parlez-vous ? »
She replied : « Not with you,
Unless you will meet my famiglia. »

A flea :
Dutch blood, my son, is dull, and English worse is
Belgian is livery and French is sour.
It is high time indeed we had a few Swiss nurses
And college girls fresh from Vassar or Bryn Mawr.

Old woman of Pisa :
He writes not often, but I reach him in dreams
Over the Alps, my bambino, my strength, my only.
O mother of God, steady his foot, when covered
With watches and drug and past the impious customs
He crosses homeward the snows of the treacherous pass !

Observer in flying saucer :
No beam of thought beyond three thousand feet.
Feeble the yellow rays of adoration.
The strong red haze of lust above the piazza.
A quiet prayer in a lonely house.

A cat :
How well some of these foreign people speak cat language !
What is the good of it ? They have no house to offer,
No kitchen frying fish, no cushion far from dogs.
They smell of rain and like castrated pets.

American correspondent :
There is no story here, there is never a story
With people sitting two hours over one cup of coffee.

Touriste anglais :
Je vis une jeune fille en Emilia
Dont le visage me semblait familier
Je lui dis : « Parlez-vous ? »
Elle dit : « Pas avec vous,
À moins que vous rencontriez ma famiglia. »

Une puce :
Le sang hollandais est fade, mon fils, et l'anglais est pire
Le belge est bilieux et le français est aigre.
Il est grand temps que nous ayons quelques infirmières suisses
Et des étudiantes fraîches de Vassar ou Bryn Mawr.

Une vieille femme de Pise :
Il m'écrit rarement, mais je le vois en songe
Au-delà des Alpes, mon bambino, ma force, mon unique.
Ô mère de Dieu, tiens son pied lorsque, bardé
De montres et de drogue il échappe aux douaniers impies
Et, pour revenir au foyer, traverse le traître col enneigé !

L'observateur en soucoupe volante :
Aucune onde de pensée au-dessus de trois mille pieds
Faibles les rayons d'adoration.
Une brume rouge de lubricité plane sur la piazza.
Une prière tranquille dans une maison solitaire.

Un chat :
Comme certains de ces étrangers parlent bien le chat !
À quoi cela sert-il ? Ils n'offrent ni maison,
Ni plat de poisson frit, ni coussin loin des chiens.
Ils sentent la pluie et nous préfèrent châtrés.

Le correspondant américain :
Pas d'article ici, il n'y a jamais matière à article
Là où les gens restent deux heures devant une tasse de café.

O fill that tank and let me drive back to Marietta
Who comes in the Roman morning on nimble feet!
If the goddamned Pope at last died, there might be a rise
And I'll buy her a fur to deambulate in the Corso.

Cloud :
Soon now the Alban hills and across the boot
Greecewards the sea at dawn with frolicking dolphins,
The marbled hill, the sea again, and at nightfall
Over the mountains strong with cedars the glow of lightning.

BBC programme assistant :
O hold it! hold him! let that sombre felt
A little lift its brim, reveal the eyes!
O do not fade yet on that adorably strong
Mouth as even Mrs. Dale would rave about!
Alas! leave is soon over. Ach pourquoi, warum
Can one day in this place we not have a town forum?

Mr. Spender returning from Unesco conference :
Alas! I wish there was a muddled problem
On which to worry through the winter months.
But even sex they here treat empirically
You'd have to be Auden to see it theologically.

Trombone after practice :
I wish he would play more Rossini
I wish Wagner had died before noon.
How long while limping through Menotti
Shall I miss Don Giovanni's funereal moon?

Ô faites-moi le plein, que je retourne vers Marietta
Qui les pieds lestes approche dans l'aube romaine !
Si au moins le foutu Pape mourait enfin, je serais peut-être augmenté.
Et je lui achèterais une fourrure pour déambuler avec elle sur le Corso.

Un nuage :
Voilà bientôt les collines albanes, puis la traversée de la botte
Vers la Grèce la mer à l'aube où les dauphins s'ébattent,
La colline marbrée, la mer encore, et au crépuscule,
Sur les montagnes couvertes de cèdres la lueur de l'éclair.

L'assistant programmateur à la BBC :
Stop ! Retenez-le ! Que le sombre feutre
Relève un peu son bord, révèle les yeux !
Ne disparaissez pas encore sur cette adorablement forte
Bouche qui ferait divaguer même une Mrs Dale !
Hélas, la permission s'achève bientôt. Ach *pourquoi*, warum
La radio ne pourrait pas organiser un jour ici un forum ?

Mr. Spender revenant d'une conférence de l'Unesco :
Hélas ! J'aimerais qu'il y eût un problème embrouillé
Qui m'occuperait durant les mois d'hiver.
Mais ici ils traitent même le sexe de façon empirique
Il faudrait être Auden pour avoir une vue théologique.

Le trombone après la répétition :
J'aimerais qu'il joue davantage Rossini
Que Wagner soit mort avant midi.
Combien de temps me rasant avec Menotti
Regretterai-je la lune funèbre de Don Giovanni ?

The moon :
Nothing is black that I can see, there is only
The other face of things which they never show.
Mat is behind the shining pools in gardens ?
What is beneath the foam of everflowing fountains ?

Benedict :
Dear friend Lorenzo, let's go, each our way, to bed !
There's hardly a tomcat left on the piazza.
The fair Lucrezia snores besides her wellfed husband
The smiling Agnes brings pills to the notary.
The piazza like my heart is vast but for decoration
And shines superfluously surrounded by darkened windows.
Should the wastes of the heart be meant as a room for God ?

La lune :
Rien n'est noir de ce que je vois, il y a seulement
L'autre face des choses qu'elles ne montrent jamais.
Que cachent les bassins luisants des jardins ?
Que cache l'écume des fontaines toujours jaillissantes ?

Bénédict :
Cher ami Lorenzo, allons, chacun de notre côté, nous coucher !
Il n'y a plus un chat sur la piazza.
La belle Lucrezia ronfle près de son mari bien nourri.
Agnès souriante porte ses pilules au notaire.
Malgré son décor, mon cœur est aussi vaste que la piazza
Qui brille, entourée de fenêtres obscures.
Les jachères du cœur seraient-elles une chambre pour Dieu ?

Traduit de l'anglais par

ANNE DE DADELSEN
et ALICE DE DADELSEN-ASQUITH

Notes

OMBRE : extrait d'une chronique faite par Dadelsen à la B.B.C. pour le 11 novembre 1950. C'est le seul enregistrement qu'il ait emporté avec lui quand il a quitté Londres pour Genève en 1951. Il a été diffusé sur sa tombe le jour de ses obsèques à Zurich en juin 1957.

Ce « brouillon oral » préfigure (ou paraphrase) les grands thèmes de l'*Invocation liminaire* de *Jonas* (voir p. 167) :

Ombre,
qui regardes par-dessus mon épaule
que puis-je faire pour toi ?

Les cinq textes suivants permettent de suivre les étapes — plutôt que la méthode — du « travail » de Dadelsen : il laissait s'exprimer librement la voix qui parlait en lui, puis revenait inlassablement, apportant corrections et variantes, préférant semble-t-il l'inachèvement que le « mensonge littéraire » qui aurait pu apporter un aboutissement fictif au poème.

PREMIÈRE ESQUISSE (inédit) est daté sur le manuscrit de l'automne 1952. Je daterai, de la même période à quelques semaines ou mois près, *Tombeau personnel* et, avec moins d'assurance *Rouge dans la brume* (publiés par Jacques Darras dans *In'hui* n° 41, 1993) : les indications assez énigmatiques qui marquent le manuscrit (23.XI.3 et 24.XI.3) pourraient renvoyer au mois de novembre de la même année.

Si on retrouve dans le premier poème des thèmes de l'*Invocation liminaire* (les ombres, les camarades, « vêtu(s) de cuir, de feutre et de peau mortelle », etc.), le second, par contre, a été « abandonné » dans l'état où nous le publions sans qu'on puisse en trouver trace dans *Jonas.* La satire de Mister Eliot et de toute poésie non inspirée (« l'esprit invisible est matière seule efficace ») est, pourtant, du plus pur et du meilleur Dadelsen, tout comme les attachés qui n'avaient pas assez potaché.

Page 178 (traduction) : David qui autrefois était beau et grand comme vous, David a crié Oh ! Seigneur arrache-moi, ô Seigneur arrache-moi à Ta brûlure !

C'ÉTAIT DIMANCHE, plus proche me semble-t-il de la vie personnelle de l'auteur, apparaît, comme les deux poèmes précédents, imprégné de l'atmosphère londonienne. Le manuscrit a été rédigé au dos d'une circulaire du Centre Européen de la Culture (datée du 16 octobre 1954).

ÉTUDE II et SUITE ALSACIENNE (probablement de 1954-1956) font écho aux *Femmes de la plaine.* Ils proviennent, comme les textes précédents, des archives d'Anne de Dadelsen.

LETTRE À JEAN PAULHAN : publiée dans les *Cahiers des Saisons* n° 26 en 1961, par Jacques Brenner, très révélatrice, et de la minutie de Dadelsen, et de son perfectionnisme, et de son attitude volontairement « amateur » face à la toute-puissante « éminence » de la NRF. Elle est à ce jour la seule « lettre littéraire » du Dadelsen de la maturité, que nous connaissions.

L'EUROPÉEN

LA FOLIE DE HÖLDERLIN : ce très beau poème a été écrit le 22 septembre 1938, après que Dadelsen eut passé à Paris son agrégation d'allemand et juste avant son service militaire à Belfort. Il fait allusion au séjour d'Hölderlin à Bordeaux (1801-1802) d'où le poète devait revenir à pied vers Stuttgart, à une époque où les accès de folie se firent plus graves et plus fréquents. Hölderlin écrivit cependant en 1803 (il sera interné en 1806) *Souvenir,* une de ses plus belles œuvres, avant la nuit :

Pars donc et porte mon salut
À la belle Garonne

Et aux jardins de Bordeaux là-bas
Où le sentier sur la rive abrupte...

(Trad. Gustave Roud. Pléiade, 1967.)

Comme on peut le voir d'après le fac-similé (premier cahier hors-texte), un des brouillons de Dadelsen porte cette variante :

Le pilier de quel pont il frappe à cette minute
De sa corde que l'eau n'a pas entamée
Quel chasseur aux yeux aigus
Le ramasse.

Guy de Dadelsen, le frère de Jean-Paul, nous a signalé que ce poème (publié dans *Saisons d'Alsace* n° 2, 1962) devait s'insérer dans un roman (projet dont on ne connaît que l'existence).

BLACK-OUT : poème écrit sans doute en Angleterre, très proche du style de *Jonas*. François Duchêne le date de 1942-1944.

LES VERGERS DE TOMBOUCTOU : date inconnue, sans doute après 1952 (d'après François Duchêne).

STONE IN VENCE : à notre connaissance, Dadelsen n'a pas écrit de poésie en alsacien ni en allemand (d'où peut-être le discret ostracisme où l'ont tenu les jeunes écrivains alsaciens). Mais il a écrit au printemps de 1954, à l'intention de la mère de sa femme, Barbara, qui ne lisait pas le français, ce poème en anglais sur un thème romain et provençal.

Nouvelle traduction française d'Alice de Dadelsen-Asquith et d'Anne de Dadelsen qui ont traduit également *Prospect of Pisa*, publié dans *In'hui* n° 41. Ce dialogue fait référence à Shakespeare *(Tout est bien qui finit bien)* mais peut-être aussi à la pièce radiophonique à multiples personnages de Dylan Thomas, *Under the milk wood.*

DEUX ÉPIGRAMMES : publiées dans les *Cahiers des Saisons* n° 29, 1961.

LES PONTS DE BUDAPEST : un des derniers poèmes de Dadelsen (le soulèvement de la Hongrie contre l'URSS s'est produit en 1956, du 6 octobre au 13 novembre). Le manuscrit est probablement un état intermédiaire puisqu'il a été retrouvé précédé de cette note : « Brouillon, étude de contenu, de rythme, dont je ne sais pas encore si je réussirai à la (l'étude) pousser assez loin. » Publié dans les *Cahiers des Saisons* n° 33, 1963. (Rappelons que les mêmes *Cahiers*, sous la direction de Jacques Brenner, avaient publié le premier ensemble sur Dadelsen en 1961 (n° 26).

ORPHEUS IS AFTER ALL (Orphée est après tout essentiellement un rôle de castrat), poème inachevé, difficile à dater.

VILLES, publié dans *In'hui* n° 41 est révélateur du Dadelsen voyageur et de sa faculté de caractériser et de condenser, en une phrase, l'atmosphère et l'histoire d'une ville. Si les « entrepôts de la patience » semblent avoir été écrits pour Georges Monti, les « îles d'Alend » (p. 235) sont inconnues des atlas et des dictionnaires.

B.-M.

Ce volume,
le quatre-cent cinquième
de la collection Poésie,
composé par Interligne à Liège,
a été achevé d'imprimer sur les presses
de l'imprimerie Bussière à Saint-Amand (Cher),
le 11 août 2005.
Dépôt légal : août 2005.
Numéro d'imprimeur : 51911.

ISBN 2-07-030782-4./Imprimé en France.

135226